Noé

Mémoire interlope

Récit du délogé

Ponce Pilate

カイヨワ幻想物語集

ポンス・ピラト ほか

R・カイヨワ

目次

昼ちかくになって雨が降りだした。ノアは眼をあげた。空は蒼く、雲ひとつなかった。風もまるでなかったから、空のはるか高みで生まれた水滴はそのまま垂直に落ちてくるのだった。これはただの雨ではない、かねて聞き及んでいた超自然の雨であるに違いないとノアは思った。

方舟は完成し、近くの高台にそびえ立っていた。ノアは日の光の照り映える黒ずんだ円《まる》い小さな水滴を踏みつぶしながら方舟にちかづいて行った。水滴の平たい小さな円屋根は土埃で黒ずみ、重なり合って大地をいっそう黒く染め、あるいはごく小さな水の流れになっていた。この、たちまち干上《ひあ》がってしまう水が地球の起伏をことごとく覆ってしまうことになるとはとても考えられないことであった。だが、そうなるはずであった。ノアはここにもまた神の全能の証を見て取った。

かれはヤハウェの決断にも、破局後の世界の存続を保証する者として自分が選ばれたことにもさして驚いてはいなかった。新しい、汚れのない世界がやってきて、消滅の運命にある堕落した世界に取って代わるべき時であることは、どう考えても明らかだった。そればかりかノアは、こうもおびただしい破廉恥な行為、略奪、不信心が横行していてはロクな世にはならないとさえ予想していた。主《しゅ》の掟を敬っているのは自分だけだとは思ってはいなかったが、それでも主から見て非の打ちどころのない者はそれほど多くいないのも確かだった。結局のところ、彼が最後の「義《ただ》しい人」かもしれなかった。

かれはこの立場を受け入れた。別に思い上がっていたからではなく、日々の経験から学んだことの確認として、むしろ悲しい気持ちで受け入れたのだ。そして被造物の各種一組のつがいが入ることになる、水に浮く巨大な倉庫の建築を命じられたとき、かれは熱心に仕事にとりかかった。ひとり仕事だった。木を伐り倒し、板に挽いた。近くの村の連中の冷笑を浴び、その上さらに途方もない企ての噂を聞きつけて遠くからやってきた連中の冷笑を浴びた。かれらは奇妙な建物の大きさをその眼で確かめると、その建築に執拗にこだわるバカ者をあざ笑った。ときには石を投げる者もいた。

ノアは最後に勝つのが真の勝者と考えて、すべてに冷静に耐えた。こういう無知な連中に、いまかれらがどんな危険を冒しているかを教え、自分を嘲笑したり侮辱したりせずに、まだ間に合うちに自分を見習うように忠告したい気持ちに駆られた。熟慮のあげく、かれはこの考えを捨てた。そもそもかれらへの説教を任されていたわけではないし、それにこういうろくでなしの連中は、かれらを待ち受けている懲罰から逃れられはしないだろう。第二に、よしんば大洪水のことを教えたところで、かれらはおいそれとは信じないだろうし、自分が想像にまさるバカ者であると考えられてしまうのが関の山で、そうなれば、石のつぶてもいっそう激しくなるだろう。結局のところ、最後の、そしてずっと強固な理由は、かれこそは生き残るはずのたったひとりなのだから、自分以外の者に災厄回避のチャンスを与えるのはヤハウェの意志に反することになるというものであった。そこでかれはダンマリを決め込み、いまの状態をうまく利用してやれと徐々に考えるようになった。自分がかれらの想像どおりのバカであるようなふりをし、方舟の改修について支離滅裂な説明をまき散らしては、すこしばかりのピッチとタールを手に入れるのだった。実際、かれの乏しい蓄えではこういう比較的めずらしい、値のはる材料を手に入れるのはとてもできないことが分かっていた。ヤハウェが供給してくれなかった、これらの材料の不足は、かれにとって何よりも大きな不安だった。そこでかれは、主の計画の達成のために人間の悪意を利用し、自分の建造物の船体を安あがりにコーキングしては、人間の産物を奪い取ったのである。その日になれば、人間たちはこの産物の、ほとんど消失ともいっていい事態をひどく嘆くことだろう。

ぶつぶつ口にする説明でも本当のことしか語らないようにしていたから、かれは自分が二枚舌の罪を犯しているとはすこしも思っていなかった。自分に託された使命を最善をつくして果たそうと心をくだき、そしてそのために、倫理上の掟の範囲内で、いわばあらゆる手段にうったえたのである。ほかにどんな手段もなかったのだから、水に浮く倉庫の防水性を保つに欠かせないピッチとタールとを手に入れたのは、ヤハウェもきっとそうあってほしいと思われていたに違いないと自分を納得させるのだった。

倉庫はほぼ六週間まえに完成していた。そして降ったのはありふれた雨だけだった。何回かの激しい、そして短い驟雨《しゅうう》か、さもなければ細かな、灰色の、いつやむとも見えないものの、地面が水浸しになる前にやんでしまう雨だった。そのたびにノアは落胆した。といっても人類の絶滅をすぐにも欲していたからではなく、自分の仕事をやり遂げたあらゆる職人と同じように、あんなにも努力と工夫とを傾注した、あの巨大で頑丈な建物がやっと役に立つのが見たかったからである。つまり、細心で慎み深いかれが急ぎ確かめたかったのは、あの建物が決定的瞬間に立派に動くことだった。要するに、かれはこの仕事では新前、そして奇跡の乱用を慎むのが主の方針であった。主は自然の掟を、絶対必要の場合でなければ、乱したことはなかった。だからこそノアには、すっかり装備の整った、沈まない、魔法の船を与えなかったのだ。そんなものはやろうと思えば言葉ひとつで無から引き出せたであろうに。それは主の流儀ではなかった。主は人間の船を、どんなほかの船とも同じように未熟な職人の不手際の被害を受けかねない人間の船を造ってみたかった。だが主が、多くの生き物を、必要な跡継ぎを除いて、ただちに皆殺しにしたかもしれない無言の単純な決断をしておりながら、そうはしなかったのは明らかに同じ先入観にもとづいている。その主が生き物の絶滅に、少々ながびくだけで特に変わったところもない、ひどくありふれた雨を選んだのは理由のないはずはなかった。

何ヶ月にもわたった方舟づくりのあいだ、ノアは主のこの慎重な態度についてよく考えたものだった。かれには主の考えが分かったし、その考えにすなおに賛同するまでになったが、それでも疲れていたり、仕事もはかどってはいないように思われるときは、ヤハウェはもっと簡単な気象現象を選ぶこともできたのではないかと思うこともあった。たとえば地球を覆う有毒の霧であり、これならいったん拡散すると、健康でいられるのは生き残るべく決められたものに限られるだろう。外観はもとのままだし、多くのもめごとも起こらずに済むだろう。それからノアは、自分が主の救いにふさわしい者であることがきっと欠かせないのだと考えるのだった。そう納得すると、また仕事に取りかかった。

不安はなくはなかったが、ノアには確信があった。すべてはうまくゆくだろうと思っていたが、どういう条件、どういう紆余曲折のあげくそうなるのかは知らなかった。もう地面には水が流れていたが、そのあいだにもかれは小舟を準備し、動物のつがいの乗船に取りかかった。だが実際はノアのやるべきことは何もなかった。そもそもかれにはある属の種を見分けることができなかったし、自分の動物小屋に容れるさまざまの入居者をどこで打ち止めにすべきか、その限界点についてどんな考えもなかった。全部ひっくるめても二匹の犬だけを容れるべきなのか。つまり二匹のバセット犬、二匹のプードル、二匹のグレーハウンド、二匹のブルドッグなどだけに。ま、犬はいいとして、蝶々はどうする？　地球上に棲息する鱗翅類《りんしるい》の三十万種それぞれにも、洪水後の新しい繁栄を経験する権利がほかの種と同じようにあった。こういうまた別の問題はノアにはかかわりのないものだった。かれはつがいたちが威儀をただし、ゆっくりとした足取りで列をなして倉庫の入り口を抜け、あらかじめ決められているコンパートメントに落ち着く様子を驚嘆して見守った。これほど多種多様の動物は一度も見たことはなかった。そのほとんどについては噂にも聞いたことはなかったし、そのうちのいくつかの驚くべき、あるいはバカげた姿ときたら想像すらできなかっただろう。雨は降りつづいていたし、足下はもうすっかりぬかるんでいたから、かれは葉の密生した木の蔭の大きな石に座って、変化にとんだ、豊かな世界の動物相に感嘆ひさしくし、そして造り主に感謝した。この天真爛漫な、果てしなくつづく行列は、藪から棒とばかりに授かる船に比べても、奇跡としてすこしも劣ってはないとは思いつかなかった。それでもノアは、別のかたちにしろ、ずっと心配の種だった問題から解放された。実際かれは、世界の別の果てに棲息している動物を忘れずに集めるにはどうしたらいいのか見当がつかなかったのだ。カンガルーとアルマジロが通り過ぎてゆくのを見たとき、立ち上がった巨大なウサギと、毛の生えた甲殻の大きなネズミに当然のことながらかれは驚いた。だがカンガルーがオーストラリア生まれであり、アルマジロがアメリカ生まれであることは知らなかった。二つの大陸のあることさえ知らなかった。だから遠くからやって来たこれらの動物は、この行列から連想される奇跡の大きさについてならともかく、かれの蒙を啓くことはなかったのである。だが、かれもやがてこの点に思いいたるはずであった。

さしあたり、かれは別の問題で頭がいっぱいだった。つまり、住居の問題である。方舟はきわめて大きく造ったが、無数の種の、しかもそれぞれの種が二倍に存在するはずの大群を収容するにはとても足りないだろう。つがいが建物に飲み込まれてゆくのを見るにつれて、不思議なことにノアを元気づけたのは、かれが、いやそれどころか途方もない人数の職人が、まるまる数年間というもの懸命に働いたとしても、四つ足の、羽のある、甲殻の、皮のない、あるいは鱗《うろこ》のある動物の完全なひと揃いを充分に収容できる大きさの船を建造するのは不可能であるという確信がいよいよ強くなったことだった。動物はあまりに多く、またひっきりなしにやって来たからである。この困難は全能者の慧眼《けいがん》にはおそらくお見通しのことであり、たぶん解決策はすでに用意されているのだとノアは思った。

事実、とっくに満杯になっているはずの船は、新しい客を受け入れつづけた。ノアは呆然として客が入ってゆくのを見ていた。自分の眼が信じられなかった。タラップを渡り終わるや、客はたちまち消え失せてしまったかのようであり、あるいはそこにいながらその空間を占めてはいないかのようであり、あるいはまた無限に重なり合う能力を獲得してしまったかのようであった。後に、方舟が水に浮き、同じような土砂降りの雨に降りこめられて単調な日々が繰り返されるようになったとき、ノアはこの謎を解こうとしてみた。そこで方舟のなかを歩き回ってみることにしたが、通路で迷ってしまい、そのたびに別の犬小屋、別の牛小屋、別のフライングケージに気づき、ときには見覚えのある動物を見つけ、それが獰猛なけものであっても、そいつがいることに安堵することもあったが、何より頻繁だったのは、方舟に乗せたことさえ覚えていない動物を見る驚きだった。

いまや船にはかれが建造したよりもずっと多くの階があった。それに、どんなに執拗に探索してみても、もう自分の造った船体に行き着くことはできなかった。自分の努力が無駄であったと知り、途方に暮れて、かれは引き返し、疲労困憊の果てにやっと自分の船室に戻ることができたとき、その困惑と諦めの気持ちはふくれあがっていた。というのも、方舟の理論上の大きさはかれにはよく分かっていたから。それはヤハウェがかれに命じた大きさであり、かれは神の指示にきちょうめんに従った。すなわち、長さ三百キュビト、幅五十キュビト、高さは、屋根を除き、三階で三十キュビト。方舟はたしかに巨大だったが、乗船を待っている動物たちの果てしない行列のことを思うと、かれには滑稽なほど小さく見えるのだった。妻、息子たち、それにかれらの妻の後について最後に乗船したとき、かれは自分のこしらえた建築物に最後の一瞥を投げ、きっと不可解なことが自分を待ち受けていると思わざるをえなかった。かれの記憶には方舟の建っている地形の鮮明なイメージが残っており、それに照らせば、建物のいま現在の、本当の大きさについてすこしの疑いもいだかせない充分な目印が得られるのであった。けれども、船のただひとつのゲートを締め、隙間をコーキングし、こうして船外に出て、外部から船を眺める手段を奪われたまさにその瞬間、かれは今後、自分は、ほとんど果てもなく長時間、垂直の巨大な通路のなかをさまよい歩き、船の仕切り壁にでっくわすこともないのかもしれないと感じた。まるで船が突然に膨張し、群がりかさばる船荷を難なく容れてしまったかのようであった。
　ノアは船の巨大さに慣れた。そしてあわてることなく、偶然の導くまま行き当たりばったりに船の探検を楽しんだ。自分の寝床からどんなに遠くに行っても、自分用に作った部屋に戻ろうとすれば、たちどころに足がおのずとかれを確実に部屋に導くことが分かった。とはいっても、奇跡はここまでだった。そこで帰りは、回り道を考慮すると、行きに歩いたのとほぼ同じ道のりを歩かなければならなかった。

*

　雨は降りつづいた。いまや方舟は木々の梢の高さに浮かんでいた。水面に頭を出している木々の数は絶え間なく少なくなっていった。遠くには、雨の幕の背後に山々のぼんやりしたシルエットが見分けられた。ある日ノアは、一本松の残された最後のひと枝に、長い嘴《くちばし》の一羽の鳥を見つけ、キジであるに違いないと思った。かれはキジが好きだった。そしてここしばらくキジを喰っていないと思った。この明白な事実が頭をよぎり、かれは唖然とし、突然、建物を閉ざしてからここ数日、自分では気づかぬまま食事を摂っていないことが分かった。神の命令に従って、かれは船にありとあらゆる貯蔵品をたくわえておいた。だが、下宿人のそれぞれに食事を届けるのはかれの力も、息子とその嫁たちを合わせた力もこえており、そのために費やさねばならぬ時間は、動物たちが別の献立を要求すればなおのこと、一日の二四時間ではとても足らないことにすぐ気づいた。大多数の動物には何を与えていいか分からなかったし、あるいは動物に必要なものをもちあわせていなかった。それに多くの動物は肉食であった。ところが、搬入できたのは各種のつがいだけであった。やむを得ないとなればウサギとヒツジには草を与えることはできるが、ヘビに与えるウサギとノネズミはなかったし、ライオンに与える子ヤギ、あるいはヤギも、クモに与えるハエも、ヒキガエルに与えるクモもなかった。解決の糸口は見つからず、文字通り打つ手はなかった。ところが何もかもうまくゆき、解決できない問題がおのずと解決したのである。あんなに食事の時間にうるさかったノアをはじめ、だれもが食事のことを忘れてしまったばかりか、空腹を覚えることもなかった。まるでヤハウェが現実に思い当たり、実際には解決不可能な状況をぎりぎりの瞬間になって打開できたかのようであった。大洪水のつづいているあいだは、生き物に食物を摂る必要性を免除し、それどころか食欲さえ取り上げ、食事にまつわる思い出をきれいさっぱり洗い流したのだ。たぶんキジとおぼしい鳥をゆくりなく見かけることがなかったら、おそらくノアはこういったことには気づかなかったであろう。不思議なのは、神の予防策にもかかわらず、かれがこの鳥を見て好みの料理を思い出したことである。神の予防策の対象はたぶん空腹に限られ、食道楽ではなかった。洞察力よりは弱気に起因する、こういう間接的なやり方で、かつて族長は神の豹変の理由を突き止めた。なるほどかれがそこに見届けていたのは、不手際を挽回する一時しのぎの手段などではなく、新しい奇跡であった。神は奇跡についてはケチなはずだと思い込んでいたかれは、この点いささか驚いた。奇跡は、動物を数え上げたり、驚くほど集めたり（かれは今これに気づいた）、伸縮性のある方舟……などといったどうでもいいことには驚異的な効果を上げた。四十日間もし雨が降らなかったら、全能者は単純な意志でもって、各種の一組のつがいを除き地上のすべての生き物を殺し、絶滅させることはできなかったのか。つまるところ全能者みずからの作品であり、稀にしか侵害してはならず、どんな場合でも細部を、ほとんど職人のやり方で値切ってはならない宇宙の秩序への、あの繰り返される侵犯がなかったら？　神を冒涜する考えがノアの頭をよぎらないわけではなかった。神はほとんど一貫性を欠いていると思った。もっとも、こんなにも遅々とした断末魔は明らかに無益であること、そして乾くのに数ヶ月もかかる未来の膨大な泥のことは別としても。

いったい何を考えようとしていたのかと、ノアはすぐ自分を責めた。こんな事態にならざるを得なかったのは、もとはといえば神が、当然のことながら小さな、イトスギの木の方舟に、この世に棲息するすべての動物のつがいを集めようと、いったんお決めになったからだ。だが、これに批判的な考えが別の理路からすぐやってきた。定義上まさに全能の「存在者」、一言でもって光を創られたお方にとって、望みの結果を手に入れるのにもっと手っ取り早く、もっと直截な手段はなかったのか。

喰う必要を免除されていたのは方舟の動物だけだった。ノアは水上に浮いている倉庫の天窓越しに、逃げ込んだ尖った岩の上で飢えにもだえ苦しんでいる数匹の動物を見かけた。動物たちは水嵩の増してくる水を解放として待ち望んではいたが、それでも執拗な本能に妨げられてすすんで溺れ死ぬことはなかった。それぞれが残るわずかの力でもって、自由になる場所を一番あとまで占拠しようと闘っているのだった。こうして最後のエネルギーを、苦しみを――また生命を――数時間余分に持続させるためにのみ費やしているさまにはどこかバカげたものが、また悲痛なものがあった。でもノアは冷淡だった。たまたま方舟の近づいたヒツジ小屋の屋根に、ひとりの母親が幼子を両の肩に背負って、一瞬でも長く幼子が生き残るように努めているのを見ても、ノアは同じように冷淡だった。

母親が自分のつとめを最後まで果たしたいとただひたすら願っているのは明らかだった。彼女はもっとも単純な掟に、自然そのものの、神が定めた秩序の掟に従っていたのだ。たとえば、息子は母の後に死ぬべきであり、遅く生まれた者は老齢になるまで死んではならないというような掟に。この掟に従う限り、根本的な何かが失われることはないだろう。ノアは冷静だった。この新生児が美徳の鏡であった自分よりもずっと純粋な無実な者とも思わなかった。ヤハウェが救わねばならなかったのは、おそらくこういう幼児とすべての新生児であったのだろうが、それでも後年ベツレヘムで、彼らを虐殺から守ることはないだろう。そしてまた別の幼児たちが犠牲になるだけだ。白状しておかねばならないが、ノアにはこんな理屈はとても考えられなかった。書物の記すところによれば、父親が青いブドウの実を食べたために、息子の歯は浮いてしまった。両親の犯した過ちは七世代まで子供に及ぶというのが掟の定めであった。すべての人間が罪を犯した。だから個別の無実などというものはひとつとして考えられないものであった。新しい創造の種子を別にすれば、呼吸をしているものはすべて死ななければならなかった。だからノアは、あの女が肩まで水につかり、弱った力で子供をかざし、ひざまずいているのを見てもすこしも可哀想だとは思わなかった。

突然、女が倒れた。予期しない一撃を受けたかのようだった。渦巻きが起こり、三角の尾びれの水を打つ音が聞こえた。長大な黒い紡錘体からは機敏な印象が、歓びの印象が読み取れた。

一瞬、白い腹が水面に浮き上がったが、水はいまや降りやまぬ雨のなか赤く染まっていた。それからすべてはまた静かになった。もう赤い色は薄れていた。

ノアはこんなに巨大な、こんなに貪欲な魚を一度も見たことがなかった。カワカマスが何を餌にしているかは知っていたが、人食い魚がいるとは夢にも考えたことはなかった。海から遠いところに住んでいたからである。かれは愕然とし、方舟にはそれぞれの種の代表がいるのだから、義務上のつがいをじっくり観察してみようと思った。と、そのとき、かれは眩暈《めまい》に襲われた。方舟にはどんな魚もいなかったから。だがこれは分かりきったことだった。大洪水は魚に被害をもたらすどころか、魚を、それにあらゆる水棲動物を喜ばせただけだったのだから。だから建物に水族館をもうける必要はなかったのである。

その夜、ノアは眠らなかった。降りやまぬ雨は月の光に照り映え、義《ただ》しき人は尾びれをうかがったが、それは見えなかった。かれは途方もない問題に気を奪われて、おし黙っていた。目撃した殺戮はかれの困惑にどんな関わりもなかった。サメはトラのようなものであり、あるいはそれどころか火山のようなものである。屈服するほかにどうしろというのか。サメがひとりの新生児と母親とをむさぼり喰うという事実は、すくなくとも平時なら驚くようなことではない。サメの断食のほうがずっと不思議であろう。ノアはこのことが実によく分かっていた。事物の本質など自分にはかかわりがないのは当然のことと認めていた。それなのにヤハウェ（あるいはかつていましたお方）は、かれを理性的で意識的な、言ってみれば道理にかなったものに創られ、正義感を、あるいはむしろ、可能な正義についての或る種の感情をかれに与えられた。だがこういう枠組み――かれからすればすでに狭く、相対的なものに見える――においてさえ、さらにはその論理――かれに責任のあるものではなく、押しつけられた論理の故に、タイリクスナモグリのほうがヒワより価値もあれば取り柄もあり、あるいはテンチのほうがトガリネズミより、ましてやサメよりも好ましいなどとは絶対に容認できなかった。

かれは家族を集め、遠慮がちに心配ごとを打ち明けた。かれらは仰天したが、口をそろえてこう言った。「そんなことにかかわる必要はない。あなたの仕事じゃありませんよ。あなたは救われた、あなたもあなたの家族も。あなたにはうらやましい役割がある。こぼしなさんな。」ノアは反論はしなかった。いままでずっと、かれは人のいいなりになり、従順だった。公平で人のいいつけを守ることにいままで少しの矛盾も感じたことはなかった。今度は、矛盾が生まれた。生き残るという特権がかれに転がりこんだのはただの偶然ではなく、かれが誰よりも正しかったからだ。よしんばかれの尊重してきた正義が議論の余地のあるもの、それどころか無茶なものであるにしてもだ。その正義に不平も言わずに従ったのだとすれば、かれは犠牲者のようなものだろう。なぜなら謙虚と服従も美徳なのだから。だが今回の場合は正義とは関係はなかった。魚、ワニ、カニ、海綿動物、放散虫、さらには四十日、四十夜に及ぶ降水のことなどまるで知らない、海底ふかくに棲息する、あやしげなすべての動物の利益のことなど問題ではなかったから。それならむしろ植物を、寄生虫を、必要ならばヤドリギを、地衣類を救うべきだろう。全世界の懲罰という壮大な、恐るべき威厳のある大洪水は、いまや突然、エラとヒレのある種族に与えられた、許しがたい恩恵のように見えるのだった。この種族だけを救うために充てられたどんな聖句も、ましてやどんな特別の霊験もなかった。

もしノアが無関心の、あるいはシニックな人間だったら、危機には抽象的なもの珍しさしかなかったであろう。だがかれは義人のなかの義人であり、その正直、一徹さゆえに主に選ばれた者だった。長い間、かれは理由を探した。あの常軌を逸した差別、結局のところ堕落した生き物の絶滅にどんな基本要素を用いるかにかかっている差別、しかもそういう生き物のなかでも、水が自然の環境である以外は共通なものは何もない多様な種のなかからひとつの属を優遇する、あの差別を説明するためなら、どんなに信じられそうにない理由でも受け入れたことだろう。

＊

大洪水が終わるまで、ノアは一言も口にしなかった。妻にも息子や嫁たちにも感情を見せなかった。恥ずかしかったのである。もちまえの誇りからも見捨てられた。世界の滅亡のあとに自分だけ生き残り、神に選ばれし者――慰み者というのが今のかれの考えだった――であることは容易ではない、と徐々に理解するのだった。反抗心が大地に増す水のようにかれの内部で高まっていった。そしてかれはほかでもない義《ただ》しき人だったから、全人類が死に、自分だけが神の摂理に守られていると思うと、ひどい嫌悪感に襲われた。嘔吐しかねなかった。奇跡的に保持されているおのが日々に終止符を打とうとも思ったが、実際は、どんなトゲウオ、ローチ、サーモン、ウナギの、あるいはどんな小さなエビの日々ともどっこいどっこいのものだった。だがかれの反抗には誇りもなければ、どんなたぐいの感傷的なところもなかった。間違った立場にいることが苦しかったのであり、その立場を最初は名誉あるものと思っていたのに、いまは厭うべき、不名誉なものと思わないわけにはいかなかった。

かれは虚脱状態になり、方舟にはブドウ酒はなかったが、遠からず酒浸りの日々を迎えることはもはや避けられなかった。カラスを、ついでハトを三度放ったのはノアではなく、上の息子だった。かれはもう死と嫌悪のほかはなにも願わなかった。水の蒸発には長く待たねばならなかった。そして下船は無事に終わったが、ノアは相変わらずふさぎ込み、口を閉ざしていた。虹が見えたとき、眼をそらした。波が引くときにくたばった魚の死骸につまずいたときも、笑うこともなかった。この些細な復讐は、それが想起させ、強調している途方もない不正にはまるで不釣り合いのものだった。かれは新しい人類が太古の人類の殺害の証拠として、やがて山頂でさえ発見するであろう無数の貝殻や魚の骨のことを苦々しい思いで考えるのだった。

ブドウの木が再び芽吹いたとき、かれは酒に酔うのが癖になった。自分がますます理解しがたいものになる犯罪の手先であり、共犯者であったことを忘れようとするのだった。いまやかれのすべての考え、すべての推論は主の断罪に終わるのだった。もし人間がふしだらで堕落しているとすれば、それはだれの責任なのか。人間をそういうものに創ったのはだれなのか。もっぱら殺す必要のためにのみ創らねばならなかったのか。それぞれの被造物が他者をむさぼり喰う、こんな無秩序の世界がどうして必要なのか。よこしまの者と無垢の者とをどうして同じ殺戮にいっしょくたにするのか。そして特に、その一部がまさに水棲である動物相を滅ぼすのに水を選ぶという、あの理解を絶する選択はどうしてなのか。この問いが思い返されて胸が痛むのであった。

もうかれは酔いをさますためにも再び呑むためにもわざわざ裸身を隠そうとはしなかった。スキャンダル沙汰になることを望み、泥酔やみだらな言動で、やがては近親相姦と贅沢三昧で、これ見よがしに戒律をあざ笑ってやりたかった。というのも、かれはゆきずりの二人の娘をものにしたとき、彼女たちと姦淫の罪を犯し、三人同衾で、さまざまの観点から禁じられている快楽をともに追い求めたのだから。ロトに仮託されている恥知らずの言動、あれをやったのは実はノアだった。

創世記の敬虔な書記たちはこれを別の人間のやったことにしたが、それは大洪水の難を逃れるにふさわしいと神の認めた唯一の義人が、償いのためでもあれば抗議のためにも、意図的に泥酔と悪徳と冒涜に身をゆだねた、あのこの上ない屈辱を回避するためであった。だが弱者の精神は執拗であると思わなければならない。あの別の人間、つまりロト、書記たちによってノアには無関係とされる醜悪な所行の張本人にされたロトは、いわばノアの兄弟か分身のような者であり、かれもまた集団に加えられた懲罰の災難を免れたたったひとりの義人であった。ただしかれの場合、懲罰の原動力は、水を沸騰させ気化させ、そしてだれひとり容赦しない火であった。

Interlope：男性名詞。〈異なる主権下にある領土間で闇取引、あるいは不法取引を行う船〉

取るに足りないエピソードの思い出が、真夜中に出し抜けによみがえった。そのエピソードのことはすっかり忘れていたし、過去のいつのことかも思い出せなかっただけに、唐突によみがえった記憶がこうも鮮明なのは異様であった。それをいま再び経験しているような感じだった。誰かが古道具屋のようなものをわたしに教えてくれたのだが、サン゠シュルピスの近くにあるその店は、骨董品を商う店のようでもあれば、画廊のようなものでもあった。ポロックが二点、売りに出されていて、簡単に見せてもらえただろう。この画家にかつて興味をもったことは記憶にないから、この思いがけない思い出でよみがえったのは、わたしの人生のずっと昔の一時期であると思わざるをえない。

こんなことはさし当たりわたしにはどうでもいいことだ。わたしがその骨董屋に折りをみて早速、行ったことは事実である。いろんなものが想像を絶するばかりに積み重なっているなかに、二枚の絵が向き合いに置いてあった。けれども小さい絵のほうが割合離れて置かれているせいか目立った。それはきわめて単純な幾何学的なコンポジションだった。ほとんど白、たぶんクリームかアイボリー色（薄暗い店のなかではよく判別できなかった）の光り輝く輪で、その背丈のほぼ三分の二を占めるものの別の端には届いていない濃紺の長方形に重なっていた。全体から漠然と喚起されるのは、逆さにされた蝕《しょく》とでも呼びたくなるようなものだった。もうひとつの絵は種々雑多なものの世界のまんなかにへばりついていて、ほとんど埃に覆われていた。わたしの知っているポロックの絵とはすこしも似ていなかった。もっともわたしはポロックについてはまるで知らなかった。かれは印象派の手法で、若い女の顔を描いているが、その女の黒い髪は花盛りのアジサイの藪のなかから浮かび出ている。リングと木の葉はぼかされている。反射光のいたずらで、髪の毛の黒と木の葉の緑が混じり合い、ぼんやりした斑点になっている。同じように、若い女のバラ色の頬はアジサイの球と応え合っている――すくなくとも、画布を覆う汚れを通してわたしに判断できる限りは。わたしにとって、むしろ自分は、たとえばゴエルグの絵を前にしているのだと思いかねなかったであろう。わたしはその旨を店の女《おんな》主《あるじ》に言った。仕草も容姿も女中のような、身なりをかまわない老女である。すると彼女は、それは画家の若いころの作品であり、そのころのものはほんのわずかしか残っていないと断言し、だから高い値を付けたのだと言った。わたしは絵についてはズブの素人だった。けれどわたしには、画家が固有のスタイルを発見する前の初期の試みであれば、その価値は、画家の才能の特徴がまぎれもなく発揮された作品より普通は劣るはずであるように思われた。けれどわたしはそうは言わず、ただこの値段で買う余裕はないとだけ告げた。女商人は、わたしが同意してもいいと思っている最高額を尋ねた。わたしは、バカバカしい数字を持ち出すまいと努めながらも、あまり考えもせず三万フランと答えた。こんな値段ではポロックはとても見つかるまいとほのめかすと（正直なところポロックを購入するつもりはなかったので、わたしはいささかほっとした）、彼女は、面白い、そしていずれにしろもっと安い絵を奥の部屋に取りに行った。ガラス戸を開けると、彼女は鉤針《かぎばり》にぶら下がっている多くの古着を落とした。わたしは急いで駆け寄って彼女が拾い集めるのを手伝った。わたしに同道してきた妻――といっても、彼女がそこにいることはまだ思い出してはいなかったけれど――は、この瞬間、えたりとばかりに転がっていたスポンジを手に取り、バケツに浸すと、埃だらけの絵をさっさと拭き始めた。するとたちまちにして夢幻境が現れた。とりどりの色彩が魔法のように生き生きと浮き出てくるのだった。わたしは奇跡の現場に立ち会っているのだと思い込んでおり、その上この印象はいつまでも消えなかった。というのも、このがらくたの山の持ち主にどんな言葉で、どんなふうに暇《いとま》を告げたのか覚えていないからである。わたしにしてみれば映画のフィルムが突然切れたようなものだった。姿を現した絵、生き返った色彩の上を、なかでも特に若い女の濃い赤褐色の髪の上を流れる水、これが最後のイメージであった。

わたしは悩んでいないわけではなかった。過去の出来事を、すっかり忘れ去ってもおかしくないようなどうでもいい過去の出来事をだしぬけに、ほとんど幻覚でも見ているようにありありとわたしに生き返らせたものが気になっていた。要するに、記憶の思し召しは、神のそれに劣らず、測りがたいということなのかもしれない。けれどもこの記憶が表面に浮上してきたのだから、わたしはそれを自分の生活に戻し、現在では、ないとはいえないものの理解できないもののように思われるポロックの絵への関心をもうすこし詳しく知りたいと思っていたのだった。探してはみたものの何も見つからなかった。わたしはサン゠シュルピス界隈をうろつき、ドラゴン街まで、さてはシゾー街まで足をのばした。つまり、必要以上に広い地域なら見つけられる確信もますと思ったのだ。店の跡はどこにもなかった。けれどわたしの眼の前には、葬儀屋の支店のような、白いフィレットのついた、黒塗りの店の姿がきわめて鮮明に浮かんでいた。わたしはこの界隈をかなり頻繁に通《とお》っているから、店が姿を消したのは最近のことではないはずだった。店を見たなら、間違いなくわたしは、むかし訪ねたことを思い出したであろう。したがってこの店が、たとえば肉屋、本屋、あるいは別の骨董店に、ただし正面のすっかり変わった骨董店になってしまったのはずっと前のことであった。わたしの確認したところでは、こういうことは、たとえば、同じサン゠シュルピス広場の大きな衣料品店にも見られたことであり、ボナパルト街の角にあったこの店のことをわたしがいまもって覚えているのは、その手あかのついた、雅俗混交のラテン語表記の名前をかつて楽しんだことがあったからである。

もしわたしがポロックの絵のある店の正確な場所を知っていたら、近くに住む商人に店が姿を変えたのはいつごろのことか聞くこともできたであろう。だがわたしにはこういう方策はとれなかった。なぜなら、すでに述べたように、わたしの記憶には店そのものがはっきり眼に見えるのに、逆にそれがどの街にあったかは思い出せなかったから。あらゆる有効な調査が実際上、不可能だったのはこのためである。

この方法ではラチがあかなかったので、わたしは別の方法を探した。どちらかといえば小ぶりのポロックの絵が三万フラン以上し、しかもこの値段が信じられないほど安いとは思われなかった年代を確定してみるべきだと思いついた。わたしはベネジの目録を繰《く》ってみた。いくつもの相場表が見つかった。けれど、あ！　わたしはまた別の困難にぶつかった。つまり値段は、その当時の通貨でその都度得られたものであり、通貨の価値は、絵の売られた年を考慮してどうにか計算できるものであった。したがって一九二五年の三千フランは、わたしが申し出た三万フランをはるかにしのぐものであるかも知れなかった。

それればかりではない。いまにして思い当たるのだが、わたしの意向表明が確かに旧フランでなされていたとしても、わたしの思い出にある三万フランが思い出の関わる時代のフランであるるという確信はまったくなかった。たぶんわたしは三万フランという数字を実際に持ち出したことを覚えていたのではなく、現在の（というよりむしろ過去の。なぜならわたしはいまもって旧フランで勘定しているから）三万フランにほぼ相当する金額を持ち出したことを覚えていたのである。そうだとすると、わたしが骨董屋を訪れた日の確定に役立ちうる唯一の手がかりをわたしは失ったのだ。というのも現在の三万フランには、それに相当するものが過去にはいくらでもあったからであり、したがってこの点を考慮したところで、ベネジの情報はわたしにはもうなんの役にも立たなかった。実際、わたしは悪循環を前にしていた。つまり、三万フランという数字にわたしの訪問日の情報を期待し、三万フランが何に相当するかについてわたしに情報を提供できる唯一のものがわたしの訪問日であった。

わたしはポロックの研究書や論文を探した。そういうものを覗いて見れば、この裏切り者の過去の重要な部分を明らかにするなんらかの手がかりが得られるかも知れないと思ったからである。たいしたものは見つからなかった。ただ、ひどく驚いたことに、あの謎めいた記憶の一連の場面が突然あらわれて不意に眠りが中断された、ちょうどその日に、わたしがめくってい た雑誌のバックナンバーに、幾何学的な絵の白黒の複製が載っていた。たぶんこの複製が記憶回帰のきっかけになったのだ。でもなぜこんなに遅れてなのか。なぜこんなに間を置いてからなのか。なぜ雑誌の写真はわたしの記憶に即座に注意を喚起せず、いわば、どんな小さなサインすら送ってよこさなかったのか、わたしには分からなかった。覚えているのは、わたしがその写真をぼんやりと眺めていたこと、そしておそらくそれを初めて見るものと思い込んでいたことだった。推測するに、無意識の深部にあって、とっくの昔にそこに消え失せている記憶を無意識に呼び覚ますには、ゆっくりとした歩みが必要である。

ミシェル・コニル＝ラコストおよびジャック・ラセーニュが親切に教えてくれたポロックの研究書には、画家の初期の絵についての言及はほとんどみられなかった。特に、画家が印象派の手法でごくわずかな絵を描いたという指摘は一切なかった。しかしこれは本当とは思われなかった。骨董屋が画家の若いときの作品であると言ってわたしに絵を見せたとき、この点について指摘する考えが思い浮かばなかったことにわたしは驚いた。すくなくとも骨董屋に若いときの作品とする証拠を、あるいは理由を聞きただしてみることはできたであろう。そんなことは思いもよらなかったし、絵にサインがあるかどうか確かめてみようとさえ思わなかった。わたしは努めて絵を思い出そうとした。絵は以前と同じようにはっきりと見えたが、へんてこな古着が手に落ちてきたので立ち上がると、妻が絵を洗っているのが眼に入った。彼女は絵の上部に届くようにつま先立ちになり、手にしたスポンジで絵の表面を拭いていた。ただ絵のサイズがとても大きかったので、腕の一往復で横幅を残らず拭くことはできなかった。最初に思い出したときと同じように、埃が水で取り除かれるにつれて、色彩は驚くばかりに生き生きとよみがえってくるのだった。わたしはその光景を、わたしの記憶におのずと現れたそのままの姿で、再び目の当たりにしているのだった。ただ今回は、再生する色彩の奇跡への感嘆は、予期していたから以前ほどではなかった。また、サインの有無を確かめようとも思っていなかった。それにその気になっても、確かめられなかっただろう。なぜなら最初のとき、わたしはサインに気づかず、すでに記憶にとどめたものだけしか見届けられないのは明らかであったから。実を言えば、わたしが驚いたのは別のことだった。いまや絵の掛かった仕切り壁の大部分を占めている絵のサイズが、わたしが店に入ったときの、その大きさと完全に矛盾しているということだった。わたしの意図的な喚起が、写真の面白い細部をカメラマンが拡大するように、わたしの思い出したイメージの断片を拡大してしまったのかと、一瞬わたしは疑った。だが、ことはまったく違うとわたしは確信していた。つまり、二つのイメージは厳密に同じものであって、第二のイメージは第一のそれの一部ではなかった。あの光景がはじめてわたしに再現されたとき、すでにそれは、わたしがいま再び見たばかりのままの姿で現れていたのだった。最初の小さな絵のまわりには、乱雑に吊された、種々雑多の、あの多くの家庭用品はもうなかった。巨大な絵が仕切り壁を独り占めしていた。タペストリーのように。

こういう変身は不可能であり、夢のなかにしか、あるいは職業奇術師の幻術によってしか生じない。特殊なケースだったが、わたしはこの変身を記憶の展開、特徴、柔軟性のせいにしなければならなかった。というのも、わたしは何かのせいにする必要があったから。なるほど記憶は思い出の再現にとどまらず、思い出をより分け、変形することを知らないわけではなかったが、でもそれがこんな規模で、これほど容赦なく行われるものとは想像していなかった。つまり記憶は、ほとんど同時に同じ壁の、まったく異なる二つの外観をわたしの前に出現させ、同じ絵を二つの異なるサイズで出現させ、もしわたしがまったく別の理由から、これらのイメージの最後に現れたイメージをあらたに喚起する必要に迫られなかったら、矛盾にすら気づかないほどきわめて説得的に出現させ、そのため――ほとんど偶然に――わたしはこのイメージを前のイメージと混同してしまったのだ。

人はみな自分の記憶を、軽率あるいは怠慢、ほとんど習慣から信用していないが、考えてみれば、これはきわめて不当なことではないか――結局のところこれがわたしの思いいたったことだった。

きわめて変形力のあるフィルターがあって、夢をはじめ推論を含むすべてのものがこのフィルターをかならず通らなければならない――これがわたしには恐ろしかった。持続の感覚さえこのフィルターいかんにかかっていた。一瞬、記憶がふくれあがって、ついには持続感が果てしないように思われ、あるいは終わるには数日、あるいは数週間を要するであろう事件の、現実の一瞬のなかに夢幻的に運び込まれてしまうのを押しとどめるものは何もなかった。わたしはそこまでは行かなかったが、記憶の思い出との馴れなれしさ、思い出を提示し、操《あやつ》るそのやり方に不安をいだいていた。すくなくともわたしは、いまその証拠を手にしたばかりの事実にいささか慰められていた。その事実とは、精神には、あのあまりに妥協的な能力の裏をかく力があり、したがってあの能力の憂慮すべき恣意性を、すくなくともある程度はコントロールする力があるということである。わたしは一種の調整能力が自分にあるのが嬉しかった。それは、ある能力によってつねづね用いられているのがいかにも明らかな自由と厚かましさとをつきとめ、緩和する力である。もっとも、この能力は、その正確さに確信がもててはじめて価値のあるものであった。これがなかったら、絵の大きさという一点で騙されたわたしは、他のすべての点でも騙されていたと想像することもできたであろう。わたしのすべての思い出はひとつの夢にすぎず、ポロックとはわたしのデッチあげた名前であったと思うこともできたであろう。

さいわいなことに、いまお話しした検査用のバランス棒があり、判別式がある。わたしは安心してまた眠りについた。その前は、たぶん完全には目覚めていなかったのだ。これが意識と夜のシャッセクロワゼであり、両者のこんぐらかった逸脱である。船は転覆し、驚いた船頭は呆然としているほかはない。いずれにしろ、わたしの気がかりだった問題は一瞬にして深刻なものではなくなった。かつてポロックの絵に関心をもったことがあるのかどうかさえもう知ろうとは思わなかった。その後ほどなくして、わたしはポロックが十年以上も前に死んだことをどうでもいいこととして知った。またその他のことも知ったが、別に感興をそそられることもなかった。いまわたしにとって、ポロックという名の画家はほとんど存在しなかったかのようだ。かれに関しては、わたしは初心者のようなものである。

宿なしの話

Récit du délogé

人格喪失などということが実際に起こりうるとは夢にも思っていなかった。そういう考えが頭をよぎったことはただの一度もなかった。なるほど、この現象を扱った本、神秘神学の、さては異常心理学の書物は読んだことはあったが、でも所詮は別世界のことだった。書物から得られるものはわたしたちにとって、信じがたいもの、あるいはまったく無縁のものとまでは言わないが、いつだって外的なもののままであり、疎遠なものであり、隔離し、免疫化する小さな深淵で隔てられている。災難がわが身にふりかかったとき、わたしは災難と読書を咄嗟に結びつけることはもとより、〈人格喪失〉という言葉さえすぐには思いだせなかったほどである。わたしの場合、〈人格喪失〉という言葉は適当ではない。極端にすぎるきらいはあるが、〈個性喪失〉といったほうがずっと正確だろう。なぜなら、わたしは一瞬たりと自分が何ものかである感覚を失ってはいなかったのだから。たぶんわたしは自分を無限定な何ものかであると思っていた。だがどれほど強く希薄にされたところで、自分はすべてではないし、またどこにでもいるものではないこともよく承知していた。わたしは自分を明確な一点に位置づけることができなかった。それでもわたしは自分を〈わたし〉であると感じつづけた。もっとも考えてみれば、わたしたちが自分の肉体の隅々にいたるまで自分が占めていると感じるのは、いたって大雑把なことだ。わたしたちは自分が爪や髪のなかにはいない、というかほとんどいないと自覚している。不安も自己切断の感情もいだかずに、わたしたちは爪を切り、髪を切る。爪や髪がわたしたちの死後もしばらく伸びつづけるという事実からしても、わたしたちの人格と爪や髪とが切り離されていることはいっそう明らかである。こういう爪や髪の執拗さはわたしたちには卑劣なものに、すくなくとも不愉快なものに見える。だがわたしたちは、爪も髪もわたしたちの肉体のほかのすべての部分と同じように本質的にわたしたちのものであるとはっきり感じている。そうでなかったら、魔法使いは魔法を効果あらしめるために小さな不吉な立像に爪や髪の切れっ端を入れなければならないとする呪文への信仰は、信仰のかたちはとれなかったであろう。肉体のひとつの器官がわたしたちの中心にあれば、それだけますますわたしたちはその器官と一体となる。こうしてわたしたちはどこよりも心臓、あるいは脳にこそ自分がいるものと考える。これは錯覚であり、偏見である。さらに腎臓、膵臓、あるいは横隔膜こそむしろわたしたちのいるところだと考える者がいたし、いまもいる。問題は生死にかかわる器官のことであり、命に見放されなければ、そういう器官を失うことはないことはわたしもよく知っている。だが結局のところ、外科は心臓移植に成功したし、わたしたちの脳、あるいは肝臓の移植ももうまったく考えられないことではない。新陳代謝とはどういうものかを説明するさい、医者は、柄と刃とが代わる代わる取り替えられ、もとの原形をとどめないナイフのアナロジーを引き合いに出す。もう十年もすれば、わたしたちの人体のすべての細胞が更新され、わたしたちはそれに気づくことさえないと思われる。

わたしが以上のようなことを考えたのは、わたしが自分の身体からゆっくりと追い出されつつある、しかもそのことに自分から同意している、いやそれどころか望んでさえいるという奇妙な印象をますますはっきりと感じるようになった、その後のことである。

まずはっきりさせておきたいのは、わたしは自分がその主体でも、ましてや動因でもなくむしろその場所である、ひそかな変身にどんな宗教的な意味もないと思っていることである。聖なる虚無に没頭しようなどとはすこしも思っていなかった。出来したことはいずれもみな、わたしとは無関係に、ほとんどわたしの知らぬうちに起こった。わたしたちは自分の身体内部にどこでも同じように広がっており、したがって身体には比較的に空白のゾーンが、いわばほかの場所より空白の、あるいはわたしたちの抱く人格感情に見捨てられてさえいる場所が含まれているかもしれないとは今にして言えることである。先ほど、適当な言葉がないため、わたしが口にした〈個性喪失〉の意識、これは身体全体について、また意識の固定がもっとも脆弱と感じられる器官および組織にも同じように認められる意識である。意識は漂う。それは決まった支えに結びつくことができず、あるいはできたとしてもほんの一瞬にすぎない。わたしの経験では、こういう意識は無限感を、あるいは普遍的な意識に融合する感じを決して経験することはない。それはその通常の条件につきもののあらゆる障害に苦しみ、障害には新しい障害が加えられる。わたしの人間である状態と拡散した状態との継続性は、わたしの内部で決して中断されることはなかった。それどころか、わたしは、同じ奇癖ではないにしろ同じ欠点と弱点を、なるほど定めし移し変えられたものにしても、失うことはなかったようにさえ見えるのだった。もうわたしには身体のどんな同一性を要求することもできなかった。なぜならわたしは一種のムールガイになってしまったからであり、次いで驚くべき細片化によって多くのムールガイになってしまったのだから。つまり、わたしは自分が種全体に分散したのだと信じていた。それでも最初のうちは、月並みのことばかりだった。

わたしは不眠に苦しんでいた。そこで眠れるようにさまざまの手管を考えてみるのだった。

わたしはじっとみじろぎせずにいる。自分は一種の宝石箱のなかにパイ用金ベラのように、あるいは緑の、または朱色の毛長ビロードの上の金属製コップのようにいるのだと想像する。抵抗できる身動きは一切してはならない。かゆくても我慢するように努める。必要なら妥協も辞さない。たとえば、肘が固定されているなら、前腕を使ってもかまわないことにする。こうして格闘してみても、得るものは何もなかった。駆け引き、あるいは努力で、わたしは眠れなかった。ときどき痙攣を起こしたが、その原因はたぶん内部からの心的エネルギーの備給であった。そしてわたしは、この備給の進行について語ってみることにした。

わたしは五十の坂をこしていて、だれも避けて通れない肉体の衰えを感じはじめていた。初期のいくつかの兆候、深刻というより頻繁な予兆があるにすぎなかったが、それはわたしからすれば偶発的なものと考えられる、日常のちょっとした失態と区別のつかないものだった。それでも二つの異常事がわたしの注意を惹いた。ひとつは、ハシバミの実ほどの大きさの、脂肪の玉が脊柱の近く、肩胛骨のやや上のところにあり、指で押すと、転がるように感じられたことである。わたしはその玉がわたしの身体の冒険に出かけ、ついには重要な器官にでっくわして、その圧力で器官を傷めてしまうのではないかと怖れたが、それ以上に、それが大きくなるのが気がかりだった。医者は、コブはできたところに根づいていて、これ以上は大きくはならないだろうと言って元気づけてくれた。わたしはその言葉に納得し、第二の現象にもそれほどうろたえることはなかった。というのも、羹に懲りて膾を吹くという諺があるが、それと同じことだから。

わたしは右腕を枕がわりに横向きに寝る習慣だった。突然、肘の近く、骨と皮膚のあいだにわずかに残っているように思われる場所に、例のごとく卵形で扁平のボンボンを感じた。それは突然バネで前方に押し出されたかと思うと、また同じように出し抜けにもとの場所に戻されるかのように、小さく跳ね上がるのだった。ほんの数ミリ動いたにすぎず、障害物にも出会わず、それにどう見ても自発的な——わたしの言う意味は、その跳ね上がりが外部のなにかによって引き起こされたのではないということだ——動きであった。特に、動きが反復されているところからして、睡眠中によく起こり、身体全体に痙動を走らせてはわたしたちを目覚めさせてしまう、あの筋肉の痙攣と同じものと見るわけにはいかなかった。不思議なアーモンドには原因となるものはなにもないようであった。それは引き延ばされたゼンマイ、あるいはゾウムシの宿るメキシコ産の種子のように、出し抜けに飛び跳ねるのであった。わたしはその飛び跳ねるさまをうかがい、こちらから飛び上がらせてやろうとしてみたが無駄だった。ナタネの種子は誘いには乗らなかった。もっとも、誘いを効果のあるものにするどんな手段もわたしにはなかったから、それはたんなる願望にとどまっていたけれど。しばらくすると、ボンボンは姿を消した。たぶん吸収されてしまったのだ。それともまた、わたしの肩胛骨の柔かな玉ならやりかねないとわたしが思っていたように、ゆっくりとわたしの身体のなかをすすんで行って別の場所に居座ってしまったのかもしれなかった。

事実、間もなくわたしは、わたしの下腹部、性器の付け根のすぐ上に、すこしふくらんだ小石（大きくなったのだ）状のボンボンをまたみつけた。それはなまあたたかく、なめらかな、そして細長く、軽い石だった。皮膚にもどんな器官にも触れていなかった。つまり、液体の満ちた嚢《のう》のなかに浮かんでいたのである。コウイカの小骨が思い浮かんだ。立っていたり、あるいは座っていたりするときは、わたしは小石のことは忘れていた。それがかすかに重く感じられるのは、あおむけに寝ているときだった。それを一層よく感じるために、わたしはうつぶせに寝なければならなかった。すると、小石は圧迫されてあざやかな輪郭をわたしに押しつけてくるのだった。その形をデッサンしようと思えばできただろう。ほんとうにそれを見ることになるとは予測していなかったが、わたしにはほとんどそれが見えた。その存在は有無をいわせぬ明確なものになった。もうそれは異物についての曖昧な感覚ではなく、あるいはわたしの肉体のなかに宙づりになっていたにすぎないときのような、不確かな重さについてのたんなる推測でもなかった。

こういう状態で、わたしは確かな接触を探した。わたしは好奇心から毎晩うつぶせに寝るようになった。肘を支えにして、右に左に交互に身体をかたむけては小石がこの動きについてくるかどうか確かめようとした。動きについてはきたが、しばらく経ってからゆっくりとついてきた。それが浸かっているものとわたしの想像していた液体、まるでその液体が分厚く、しかも一種のニカワか樹脂ででもあるかのようだった。でもわたしは、そんなことはいっさい信じなかった。というのも、もし小石のまわりにべとべとした小さなクッションがあるなら、起こるであろうとわたしが考えていたのとは違って、どんな痙攣もわたしは感じなかったから。

程なく馴染みになったボンボンとわたしのあいだに一種の心地よい親密さが深まった。わたしはその形と大きさを知っていたから、それを眼で見ているのだと思っていたし、ほとんどそれに話かけたいと願っていた。いずれにしろ、ボンボンについてのわたしの知覚が、内的で、体感的な、そしてたぶんこの種の感覚が往々にしてそうであるように、見せかけの知覚にすぎないとはもうわたしは思っていなかった。ボンボンはわたしには苦痛ではなかった。それどころか、わたしが肉体として存在する感情をわたしの内部で強め、たとえば抜けそうになった歯をゆさぶられるのに似た快感さえ得ていた。そんなわけで、かかりつけの医者に聞いてみるような真似はしないように気をつけた。それのみか、万一の場合は、医者を混乱させてやれるのがわたしの意地の悪い楽しみだった。それというのも、異物はひどくすべすべした、ひらたいものだったから、わたしの腹を触診したところで、医者は異物に気づかないだろうと確信していたから。小石(もっともわたしはもう小石とは感じていなかった。むしろ小さなハチの巣状の穴のあいた、多孔質の粘土と感じていた。)はわたしの共犯者になっていた。わたしの同意がなければ、たとえ偶然にしろそれはだれにも発見できなかった。わたしは宝物のようにそれに執着するようになった。

ある夜、眠ろうとしてあおむけに横になったとき、わたしはそれを、人が何かを眼にするように、この眼でありありと見た。もちろん、内視鏡現象については聞いていた。わたしの読書量は、でたらめなものながら少なくはなかったが、精神病理学の著作に一種の偏愛があった。だからわたしは、自分の病んでいる器官、たとえば胃、肝臓、あるいは腎臓を自分の眼で見、あるいは見ていると錯覚している病人が存在していること、そして彼らが、あたかも自分たちの視線が体内にまで延びることができるかのように、その病巣のありさまを臨床医に語って聞かせるということは知っていた。わたし自身はこんな特権に恵まれたことは一度もなかったし、異常の記述にたまたま出っくわした、あの遠い昔の日以後、このことは二度と考えたことはなかった。当時、わたしは、これは幻覚であると考えがちであったし、医者たちが実際の視覚体験という仮説を検討しているのを知って驚いたものだった。驚くべき事態に見舞われたいま、かつての疑いはわたしにはなく、念頭にあるのはもはやこの事態をうまく利用することだけだった。わたしは小石を、それがわたしに見える側から、つまり後ろと上から観察することに専念した。気づいてみれば、それは小石ではなく貝、むしろ細長く、黒みがかった灰色で、ムールガイのように、すこし光沢のあるアサリの類であった。貝は生きていた。ときどき、白色の細い縁取り、つまり、驚くほどよく動く繊毛の密生した瞬膜が大胆にも二枚の殻のあいだに顔をのぞかせると、繊毛は絶えずうねりながら、なにか知らない微細なもの、たぶん栄養になるものを探すのだった。突然、貝殻のなかに瞬膜がひっ込むと、短い髪の毛の一房がただよっているだけで、ほかにはもう何も見えない。全体としては不潔とはいえないものの、いささか嫌悪をそそるところがあった。特にわたしが驚いて確認したのは、貝殻もまたぶよぶよした、透明のハチの巣状の穴から出られず、その穴をほぼ完全に満たしていることだった。移動の可能性はほとんどなかった。だからわたしが肘を変えて急に身体を傾けたとき、わたしの動きにすぐには対応できなかったのである。

このおかしな寄生状態にわたしはまず失望し、次いでいささか腹を立てた。石だったら喜んで受け入れたことだろう。事実、すでにわたしは石には満足していた。お話したように、わたしは石からは信頼を、慰めを、微妙で密かな満足感を、おまけに持ち主の漠然とした歓びを得た。これに反し、自分で決めたわけでもないのに、生き物を自分の身でもって養わなければならないのはショックだった。騙されているように思われた。わたしを犠牲にして平気で生き、予告もなしにわたしの体内に住みついた、この無遠慮な軟体動物に、わたしは反感をいだきはじめた。サナダムシ、あるいはダニにも劣らない、好ましからざる食客のように思われた。やがてわたしは、もとはといえばケチが原因の反発を恥じた。そこで自分を罰するために、かたじけなくも住居としてわたしを選んでくれた動物を養子にすることにした。それはわたしにとって一種のフェティシュになったように思われ、わたしはそれを、この種の生き物が必要とするかもしれぬ保護や愛情といったたぐいの考えなどさらさらいだかずに、保護し愛してやりたいと願った。いずれにせよ、悔悛の気持ちから、さらには最初の自分の心の動きを許すために、わたしは数週間も前から守り、いまその本当の性質を発見したばかりの食客を黙認し、なにかと親切にしてやろうと決心した。

わたしの善意にもかかわらず、食客について分かったことはほとんどなかった。ときどき貝殻の外に、繊毛におおわれた瞬膜よりもずっと堅い乳白色の小さな管を突き出したかと思うと、またあわただしくひっ込めてしまうのだった。こういう手口を使う理由がわたしには合点がゆかなかった。特に、わたしが気づいたのは、この軟体動物の肌、すくなくとも、ときどき殻からはみ出るものが強烈な光を発しているということだった。最初、わたしは気にもかけず、この奇妙な燐光は内視法によるものと見なしていた。いわば燐光はわたしの視覚によって投影されたものであり、わたしがその原因であると想定したのだ。動物の光度が変化することにわたしは気づかなかった。それはかなり強烈に輝くときもあれば、周囲の闇とほとんど区別のできないときもある。一度いつもよりも長く観察していると、光はまるで消えてしまったかのように薄れたかと思うと、かつてないほど強烈にまた輝きはじめた。そういえば昔、わたしは日の光に顔をさらしてうたたねしたことがある。光はわたしの閉じた瞼《まぶた》を透過し、瞼の裏には緋色の、あるいは深紅の背景が延びていたが、それは疲労、あるいは日の光がおそらくは雲で遮られたときのような、なんらかの自然の法則で、濃い緑色に周期的に変わるのであった。いまわたしが目撃しているのは、これと似た断続であり、そして今回の場合もまた、原因は外的なものであることが分かった。この自力発光という能力にわたしがどうして羨望をいだいたのか、その理由は分からない。それにしても、光り輝くウジムシに、あるいはホタルに嫉妬を覚えるなどとはいまだかつて想像したことはなかった。むしろわたしは、それと気づかぬままに、はじめて闖入者に服従することになった、あの思いもよらぬ感情をもっと重視すべきだったのかも知れない。いままで軟体動物にとって、親切でもあれば同時に恩着せがましくもある主同然だったのに、わたしは羨望のあまりいつしか闖入者に従属するようになっていた。一個の貝にすれば、これだけでも結構なことだった。

*

わたしは人生に不満だった。その理由がいまになってはじめて分かる気がする。わたしは、小さな、ただし順調な会社の社長であった。会社は父から引き継いだもので、父の指導もあってわたしには多少なりと自由な時間があった。わたしの工場では投げ釣り用のルアーを製造していた。それは原則的にルーチンな稼業だった。実際、釣りの雑誌に発表される、流行の浮き沈みや、熱心な観察者の、いわゆる発見などに留意しなければならなかった。留意してみると魚は、それが食いつく獲物とそっくり同じの餌よりも、たとえば閃光や運動といったような、ほとんど抽象的な、ある種の性質にずっと敏感であることが分かった。もっともわたしは、カゲロウの、あるいはヒメハヤの外観にそっくりのルアーの製造にこだわった。もし気前のいい釣り人の少数派が、バーチ、マス、それにカワカマスの、欲しくてたまらぬ獲物の正確な模造品への敏感ぶりは自分たちとそれほど変わらないという間違った思い込みに固執していなかったら、わたしはあやうく破産しかねなかっただろう。わたしはいくつかの見本だけを造り、ニスを塗り、バラバラに分解しておいたが、当然のことながら、キラキラ光る古いスプーンルアーが新しいスタイルの信奉者の願望を、いや願望以上のものを満たすと考えたからである。わたしが何より思い悩んだのはこういうことではなかった。お話したように、わたしは何でも手当たり次第に大量に本を読んだ。職業上の義務として、川魚の習性に関する著作、転じて鳥と昆虫についての研究書だったが、鳥や昆虫の羽と光沢のある翅鞘《ししょう》はルアーの製造には直接、あるいは適切なプラスティック物質という面からもかかわりがあった。そんなわけで、わたしの蔵書は、ずっと前からわたしを魅了していた精神医学の専門書を別にすれば、多くの自然科学の本が占めていた。自然科学の本と対照的なのは、東洋哲学の研究書、神知学まがいの通俗書であった。わたしは教義の厳密なところに、精神的なものと自然のものとをつねに結びつけようとする考えに惹かれていた。といっても、わたしのニルヴァーナ希求は他人事のようなものにすぎなかった。ヨガの実習はしないようにしていた。仏教が生命のあるすべてのものを敬っているのに感動してはいたが、ヴェジェタリアンにはならなかった。ただ、わたしと同じように原初の泉から生まれた生き物を殺すための模造品を製造して生活の資を得ていることに、ある種の気詰まりを覚えていただけだ。それでも職業を変えようとは思わなかった。わたしがそうしたところで、魚には何も得るものはないだろう。なぜならすべては因果の糸でかたく結ばれているのだから。だが、わたしは神の御業《みわざ》の果実の断念という教義にひとしく衝撃を受けていたので、数ヶ月というもの、魚、すくなくとも川魚は食べないことにした。その結果、自分はほとんど無実だと感じた。やがてマスの味がまた頭をもたげ、わたしが食べようが別の人間が食べようがマスにとってはどうでもいいことだと自分を納得させた。要するに、わたし自身が釣りをやめればそれでいいのだが、そういう気にはいっこうにならなかった。自分の態度の偽善ぶりが気になって仕方がなかった。こういうちょっとした失敗のために、わたしは、明らかにずっと重大な多くの失敗をしたときよりも自分を軽蔑した。重大な失敗を裏づけるのはちょっとした失敗だ。それは意志のわずかな努力だけを前提とするから、わたしにどんな申し開きも与えなかった。こんな失敗をしなかったら、わたしの長かった青春の糧となった無分別な夢想を実現しなかったことについて気をもむこともなかったであろう。夢想の過剰そのものが夢想を断罪していたことは明らかだった。それでもわたしは、自分が世界の征服と改革を希求し、厳しい法律を世界に課すのを望んでいたことを忘れていた。これと同じようなことはだれにでも、あるいはほとんどだれにでもあるはずだ。わたしの場合、残念だったのは、はるかに慎ましい野望の達成を試みることさえしなかったことである。偉業を夢みつつわたしがいつも選んだのは、ルーチンと安逸であった。かつては世界を屈服させたいと願っていた確信、その確信にいささかなりと合致したかもしれぬ、ほんのわずかな意図的な窮乏にもうすこし長く固執することさえできなかったのである。マスのバカげた事例によって、手厳しくわたしに啓示されたのは、わたしの確信はいかにもあっさりと屈服し、どんな否認にも順応するということであった。

仏教とわたしの稼業とのバカバカしい対立に照らしてみると、わたしの全生涯は、食客の居座るずっと前から、わたしにはすでに異論の余地のない挫折であったように思われた。わたしは常識では考えられないほど遅くまで子供じみた夢想にうつつをぬかした自分を責めた。当時、読んでいた小説で貴族的と呼ばれている蒼白さが自分にも欲しいと思っていた。それを手に入れるには、米の粉をすこしばかり顔に塗る以外にこれといって何も分からなかった。だがこの策略は、いかがわしさを怖れてすぐに断念した。そして赤ら顔であることを諦めて受け入れた。どんな状況に置かれても動じないすべを心得ていること、これがわたしのもっとも強い欲望だった。ところがわたしときたらおかしなほど感じやすかった。たとえば、大衆小説を読んでも涙を流したし、映画を観ていても、状況が極度に緊張するとか、爆発の大音響がいまにも響き渡りそうな場面がスクリーンに映し出されると、映画館を出たほうがましだと思うほどだった。わたしが常軌逸脱に血道を上げていたころのことを考えたなら、眼鏡をかけなければならないなどということは取り返しのつかない面目失墜と考えたことだろう。わたしはモグラのように近視だった。細身であるどころか恰幅がよく、大胆であるどころか臆病で、他人からはそう見られなければならないと想像していたように、放心したように、低い、いつもむらのない、地味な声で自分の考えを述べるどころか、つい大仰な身振りに、大袈裟な仕草に走りがちだった。その上、わたしは結婚していて、大勢の、というかほとんど大勢の家族の父親だった。尊大な独身者を、無感不動の苦行者を、ただし、個人用の衛兵の騎乗の女たち――射損じることのない弓をもち、髪をなびかせた女たち――に守られた者を夢見ていたこのわたしが。この女たちは後に、モデルとして漫画で流布されるはずだった。その絵を見たとき、わたしは自分の空想力さえオリジナルなものではなく、いかにもありきたりのものであることを冷酷に思い知らされた。

経済上の野望は消えずに残った。たぶん、姿をみせぬ世界の支配者のひとり、革命や戦争の引き金をこっそりと引くといわれる、あの金銭の力のひとつを自覚するのはわたしには悪い気はしなかったのだろう。ああ！　この点から考えると、わたしの稼業の性質はバカげたものに見えるだけだった。投げ釣り用のルアーの製造業は、大規模のものでも――実はそうではなかったが――政府と対等に渡り合い、全世界の証券取引所に至急電を打つようなものではない。こういう声望あふれる展望を抱くことはわたしに禁じられてはいなかった。わたしは考えを変えた。別の極端な行動に走った。貧困はわたしにとって救いとなる利点ではなかったと考えて呆然とした。凍てつく屋根裏部屋で、蝋燭の光を頼りに文字を、あるいは絵を描きなぐっている飢えた自分を想像してみたが無駄だった。画家に、詩人に、あるいは音楽家になったところで、わたしを待っているのは同じような凡庸な運命であることが、どんな幻想ももちようがないほどいまはっきりと分かった。シンフォニーを作曲し、詩を書き、絵を描いたとしても、わたしは天才とは認められないだろう。小さな企業の社長であるように、下請け作業員のままだろう。なるほど、人はみな同じような幻滅に苦しんでいる。だれにとっても、というかほとんどだれにとっても、人生の成り行きは同じ失望をもたらす。わたしは失望を受け入れたが、歓びもなければ、本当のあきらめもなかった。自分に相応《ふさわ》しいものを受け入れたのは分かっていた。それがいたってわずかなものであり、しかも当然の報いであることが苦しかった。

肉体の快楽からも見捨てられた。もう好物の料理も、少し前と同じように充分にわたしの食道楽を満足させることはなかった。マスをあきらめるのはもうそれほど辛くはなかっただろう。もっともそんなことは別に手柄でもないし、したがってどうでもいいことだっただろう。レストランでは、いまやわたしにとっては、かつて自分が過度の貪欲ぶりから必ず注文しなければならないと思い、やっと思いとどまった、その同じ料理をがつがつと幸せそうに味わい楽しんでいる食い意地の張った連中が羨望の的であった。いつだったか一度、リセ時代の思い出である『ポリュークト』の詩句の二行が記憶によみがえったことがある。

肉と現世への恥ずべき執着よ、
わたしはお前を捨てたのに、どうしてわたしを捨てぬのか。

口にはしなかったものの、わたしは皮肉を弄していたのだ。なぜならわたしにとって、苦しみの問題は聖なる殉教者に比べればずっと少なかったから。詩で問題にされている執着、わたしはまずこれらの執着から見捨てられた。女とのアヴァンチュールはわたしにはもうほとんどなかった。色あせた年月の残りものをアヴァンチュールなどと呼ぶ勇気はないが、わたしは病気がちの愛人を郊外の小さな家に囲っていたことがある。その女は猥本を沢山もっていて、ケチケチと一冊また一冊と渡してよこす本をわたしが読んでいると、わたしを優しく愛撫するのだった。別の女をものにしようとする勇気はなくなっていた。満足の脆弱すぎる補足にしては支払わねばならぬ心配が多すぎたであろう。女を取り替えてみる意欲さえなくなっていた。二つの不完全な生命力で構成されている怠惰な堕落、わたしはこれで満足だった。時々、これは偶然の巡り合わせではないと思った。

わたしの感覚が目覚めた青春期、わたしは性行為をどうにかして知りたい欲望に苦しんでいた。読書を信用していたわたしは、筆舌に尽くしがたく、しかも変換力のある快楽を経験したいと思っていた。イタリア広場ちかくの、娼婦の住む建物の戸口の前を何度か通り過ぎた。娘が合図をしてきた。大柄でほっそりしていて、まだ若く、三角形の顔立ちで、眼は突き出ていた。緑の、草色のローブをまとっていた。ここまでわたしは眼をそむけていたが、それでも彼女がわたしを見ていないときは、彼女を盗み見してみるのだった。わたしは臆病で、黙ったままだった。ある日、料金がいくらか分からなかったので、貯金を全部かき集めると、わたしは彼女の後について部屋に入った。彼女は鎧戸を閉め、わたしに服を脱ぐように促した。自分はスカートをまくりあげただけで、わたしが彼女の上にのしかかるのを平然と待っていた。勃起はいわばわたしの先回りをしていたようで、射精はほとんど瞬時だった。わたしはほとんど何も感じなかった。だからわたしは、期待していた燃えるような快楽を、強烈な衝撃を待ちつづけた。わたしを根こそぎさらってゆくはずの、この衝撃は、性交の際に感じられる興奮がどういうものかおおよその見当がつくように、さまざまの本にいつも繰り返し使われている、エクスタシー、戦慄、陶酔、痙攣などなど、けっして充分なものではない他の多くの言葉に対応しているものだった。だがそんなことは起こらず、待っても無駄だった。娘は、ことは終わり、わたしが彼女から身体をはなすべき時間だと告げた。わたしは抗議し、あれがこんなはずはないと断言した。誓って何も感じなかったと言った。わたしが嘘をついていないことは明白のはずだった。今度は娘のほうが驚いた。しきたりに従って、わたしは前金を払っていた。わたしに残金のあることを娘は知っていた。それを要求すると、金儲けの気持ちからか、それとも職業意識からか、彼女は手で、それから口で、わたしに快楽を感じさせようとした。その試みは、すくなくとも外見からは、彼女がもうひとつの口を使ったときと同じように瞬時にして終わった。また満たされなかったとわたしは思った。いささか悔しまぎれに、わたしは娘に白状した。無感覚というわたしの告白に、娘は仰天した。彼女にすれば、どんな快楽も、簡単に確認できる精力と、精力の自然の結末との埋め合わせにはならないなどとはなかなか想像できなかった。わたしが嘘をついていると考えがちであった。想像するに、すでに金を受け取っていたから、わたしが何も感じなかったと言い張ったのは彼女に金を払いたくないからだと、考えなかったまでのことである。結局のところ彼女は、自分は誠実に自分の仕事を果たし、その他のことは自分にはかかわりはないと決めたに違いない。わたしに急いで服を着るように言うと、わたしを通りに突き出した。追放にはわたしには分からぬ何か卑猥なところがあったが、わたしはすこしもショックを受けることはなかった。というのも、それはすくなくとも本の教えるものと一致していたから。

もちろん、わたしは不能ではなかった。それでもしばらくのあいだ、自分は不感症に違いないと思っていた。急いで専門書を読んでみた。異常心理学の概論書を好んで読むようになったのは、おそらくこのためだ。これらの本で語られているのは女性の不感症に限られていて、どういうわけか分からないが、男性の性的不能と同じものと見なされていた。それはわたしの経験したものとはまったく別のものだった。それでもすこしずつ、わたしはオルガスムの快楽を感じることを覚えた。だが犠牲を払わねばならなかった。無理をしたとは言わないが、よく言われるように、勝手に想像をたくましくしては興奮したのだった。それでもわたしは、批判的ではないにしてもいぜん明晰であったし、自分の興奮に夢中になるよりも相手の女の興奮にずっと注意を払った。再び、あるいはすでに、後に内部の光に対してそうするように、わたしは自分が女のように狂ったようにならないのを妬ましく思うところだった。いずれにしろわたしは、快楽というものを息を止め、意識そのものを失わせてしまうものとして描いてきた小説家たちをずっと恨んできたのだと思っている。彼らをおおぼらふきと決めつけがちなわたしだったが、自分の敗北を認めたわけではなかった。わたしは念のため、官能に、ときには色欲に執念を燃やした。こういう度を超した遊びからどんな快楽が首尾よくえられたにしても、そこにはつねに何かしら脳髄的なものが、それどころか精神的なものが混ざっていた。ただし、これは次の点を認めたうえでの話だ。つまり、自尊心（と、はっきり言っておく）は、良くも悪くも、ある人々に固有のものであり、かれらの場合、克己は——いずれ失われることにしかならないにしても——意志には意志固有の特異な陶酔を見出して欲しいとする要求が軽視されるのを許容することはない。いっぷう変わった無謀な賭けは、ほとんど悪魔的な、逆さまの完成の追求を余儀なくさせることがよくある。つまり、わたしの言う意味は、抽象的で、冷ややかな、ほとんど信用上の勝利に、慈善バザーよりも、あるいはつい最近まで大金と呼ばれていたものよりずっと多くの分け前のある完成のことである。わたしは連れの女に、新しい愛撫を受け入れるように、あるいは自分でやってみるように無言のまま説得したものだが、そのときほど満足を覚えたことはなかった。冒涜に震えおののきつつ克服した、この恥辱の取引に脳髄的という形容は、官能的、ないし享楽的という形容よりふさわしいかどうか疑問である。わたしを屈折させたもの、身体喪失という運命をわたしに与え、ついにはそこにわたしを沈めたものが何だったのか、原因はもとより、内的にもわたしは知らない。わたしに欠けていたのは生殖力ではなく、生殖力を興奮させ、照らし、光背のように輝かせる、あの別のもの、つまり精神の力であったことは、現在ならずっと明瞭に見て取れる。いや、力でも、快楽を感じ取る能力でもなく、悦びであり、いわば生殖の度量、子を産む欲求であり欲望である。

＊

それからというもの、どんな激しい欲望も無感覚状態からわたしを脱出させることはなかったし、どんな野心も無気力から脱出させることはなかった。実を言えば、脱出させることにどんな意味があるのか。自問もしなければ理屈もこねず、いずれにせよ本当の充実は自分には無縁のままだろうと漠然と納得しないまま無邪気に快楽を味わうには、わたしにはセンスが欠けていた。わたしに生き方を教えるために、ワラジムシの、ムカデの、海綿動物の介入の時期が迫っていた……

もうすこしテニスに上達する、つきあいの範囲を広げる、通行人が一段と羨望のまなざしで見つめるクルマを運転する、しがない稼業を大きくする、レジオン・ドヌール勲章をもらう、市議会議員に選ばれる――もうわたしはこんなことに骨をおる歳ではなかったし、またその気もなかった。これではもっと頻繁に整髪してもらい、もっと上等な仕立屋を、上等な理髪師（客は好意的な影響を受けると見える）を選ぶのとどっこいどっこいだ。こういう進歩がいったいわたしに何をもたらしたというのか。蒼白い顔色も、平然とした態度も、威圧的なまなざしももたらしはせず、世界の密かな支配も、一団の女戦士―女司祭―遊女《あそびめ》ももたらしはしなかっただろう。それで？

それでわたしは、根気強く、最善を尽くして、機械的に生きてきた。わたしの周りでは、疲れを知らぬわたしの働きぶり、親切な態度、それに正義と節度へのわたしのセンスが賞賛の的になっていた。それでもわたしにはエネルギーと熱意が自分にないことが分かっていた。わたしは下り坂にさしかかっていた。成り行きに任せていた。弾道にある弾丸には、それを動かす内部の力は必要ではない。自動力を欠いたままだ。努力が可能だとして、努力しなければならないとすれば、それはむしろ速度をおとすためか、動かずにいるためだろう。わたしは機械になるのだろうか。家族を、安楽な生活を捨てるつもりなのだろうか。その勇気も、欲望さえなかった。実は、予期しなかった貝が折よくやって来てずっと根本的な解決をわたしに課したのだが、わたしは、ゆっくりと、知らぬ間に進行し、ついにはわたし自身の未知なる死にいたる腐敗を介してしか、この根本的な解決にかかわりをもたないだろう。

わたしは自分に強い嫌悪感を抱くようになっていた。寛大な態度も、それだけが唯一わたしの救いとなったかも知れぬ超然とした態度もとることができなかった。超然としていたとしても、それは不承不承のことだった。虚勢を張って、わたしは遊び好きの人間になった。危険を承知でさまざまの事業に手を出したが、用心深さから、また徒労感からすぐに放り出した。肉体的にも、力の衰えは止まらなかった。襟首が、肩が、ひかがみが痛んだ。自由な時間がないと愚痴をこぼしながら、空いた時間をなんとかこしらえると、それをどう使ったらいいのか分からなかった。わたしの関心事は、もはや自分の商売の不振の兆候と関節のままならない動きに限られていた。軟体動物がわたしのなかに入り込んだのは、いまもってはっきりしない、この関節の弛緩をうまく利用したからではないかと思う。それどころか、わたしが軟体動物を、精神のごく簡単な判決で追放せずに、認め、愛着を抱いたのは、間違いなくわたしに信念が欠けていたからである。結局のところ、わたしの許可があったからこそ、軟体動物は居座ったのだ。実を言えば、この点、わたしにはもう確信はなかった。それはむしろ、わたしのすがりついていた希望であって、そのときわたしは、ある種の目覚めに突き動かされて自分の身体の完全な状態の恢復を試みたのだった。

　わたしの記憶の古文書館では、わたしの蒼白の、ヒュペルボレイオス人の王子と、みごとに胸をはだけた射手の、わたしのお供は、ある陰鬱な古着屋の店にぶら下がっていた。いまやわたしは、あらかじめ兆候の価値を与えることのできるなんらかの偶発事によって、決定的な敗北を確認したいと願っていた。わたしの人格とニオガイのそれとを交換するというとんでもない考えがひらめいた。たまたま軟体動物の名前を知ったところだった。いつも使っているビュホン校訂本の続刊に当たる古い貝類学概論に軟体動物を探したわけではなかった。よくつっかえる言葉の綴りを確かめるために利用しているささやかな字引のカラー図版で偶然ニオガイと分かったのである。こうしてわたしは、それが弁鰓綱《べんさいこう》の、斧足目の軟体動物であることを発見した。この動物が実際に存在し、目録に載せられているのにわたしは驚いた。もしここにわたしがそっくりデッチあげた一種の幻覚を認めなければならないとしても驚きはしなかっただろう。その幻覚を、たとえば映画やレコードの人気者の写真を楽しむ人々のように、わたしは楽しんだであろうが、人々にとって人気者は、わたしにとって生きたボンボンがそうであったよりも、結局のところずっと実在的というわけではない。ことは幻覚ではなかった。まさしく動物学の種、わたしが何度となく開いたことのある普通の本に正当な位置を占める種にかかわることであった。その描かれた図版を、わたしは確かにこの眼で見た。そのイメージが、いつのまにかわたしの網膜に刻印された。わたしのいわゆる内視法は錯覚にすぎず、不注意のときに記憶された装飾模様の投影であり、わたしの精神の別の空白で、さらには最終的に幻惑された、長い一続きの放心で、何度となくよみがえり、活気づいた投影であった。

怖れるものは何もないと確信していたから、わたしは自分の意図に固執した。日々の生活を気にかけもせず衝動のままに生き、おそらく確信にしても、自分が呼吸し生きているという事実にニオガイの寄せることのできる確信並のわずかなものであってみればなおさらである。ニオガイがわたしを住居に選んだ以上、今度はわたしがニオガイに住み、ニオガイをわたしの住居に選び、わたしの住居をすべてニオガイに委ねるのはわたしには当然のことに、いずれにせよ公明正大のことに思われた。わたしの身体が倦怠と苦しみのもとであるよりもわたしに奉仕するものであるために必要な体力、この体力もやがて失われることになると惧《おそ》れていただけに、わたしはすすんで自分の住居をニオガイに委ねることに同意したのであった。わたしの哲学の知識の大切な部分である東洋の宗教書――ヴェーダ、禅、道教などの影響を受けた本で問題にされているのは、生の本質的な統一性に限られ、分割不可能の絶対と震えおののくすべてのものとの深い同一性に限られていた。わたしは、精神修養の有効性も、精神力の現実性も信じる気にはならなかった。この点についてでは、ルアーとマスの挿話でわたしの考えは説明した。今回は、説明したい気持ちにはもっと差し迫ったものがあるが、東洋の教えを掘り下げることは慎み、ましてや精神集中の危険を冒すことは慎んだ。精神集中に、ともあれわたしは、軽信と自己暗示のなにやら胡散臭いまぜものを嗅ぎとっていた。わたしは疑い深くなり、手の届くものに限られるにしろ、本には頼らなくなった。本はわたしを啓発もすれば惑わせもしたから。またわたしは瞑想に耽ることもなかった。わたしは漠然と、軽率に、軽々しく、うっかりと、冗談半分に交換を願うだけだった。それでも欲張りすぎていた。わたしの知らぬ間に、取り返しのつかぬことが起こった。わたしはニオガイになった。

わたしはかつての反応を失った。かつて自分がすぐれた骨格の身体を制御していたことはもう覚えていなかった。わたしが理論上、知っていたのは、自分が人間と呼ばれるものであったことだが、人間という言葉の意味はほとんど分からなかった。とりわけこういう些細なことは、わたしにははるかに遠い、まるでどうでもいいことのように思われた。わたしは自分の貝殻の内部で、あいかわらずかつての自分の身体のなかに住んでいた。それは未知の環境、巨大な袋、訳の分からぬ皮袋となってわたしを囲み、そのなかでわたしは息をつまらせていた。どうしてこんな目にあい、捕らわれの身になってしまったのか疑問に思った。わたしが切望していたのは別のものだった。まだ存在しているとは知らない別のもの、つまり海水であり、ヨードと海草の苦い味であった。

わたしはこの欲求を自分の着ている人間の外皮に伝えなければならなかった。ある日、外皮は電車に乗り、潮の引いた海岸をさまよい始めた。入り江の先端では岩が露出し、岩の水溜まりを、腹部に黒いふちどりのある透明な小エビの群れが、あわただしく算を乱して横切って行った。それから小エビは小石の裏に隠れ、その長い触角を動かしていた。人間は、かつてわたしがそうしたように、小エビをもっとよく観察しようとして屈み込んだ。濡れた藻に足を取られて滑った。潮が満ちてきていた。立ち上がることはできたし、そうすべきだったが、まるでわたしが彼に代わって決めたかのように、立ち上がらなかった。波が覆い被さった。何日も前から、ひょっとすると数ヶ月も前から、彼は気力も決断力もない抜け殻にすぎなかった。抜け殻がカニの餌食になったかどうかは定かではない。海水に溶けてしまったに違いない。それは亡霊であり、もうだれひとり覚えていない空しいイメージ、わたしの捨て去ったイメージであった。

岩の海綿状の穴のなかで、わたしはやっと寛いだ。コートの縁で、わたしの繊毛はほんの小さなさざ波にも嬉々としてゆれ動くのだった。わたしは自分が貝のなかのひとつの貝とも、なにか特別の生き物とも感じなかった。自分がどういうものか分からなかった。わたしは、生きているという以外になんの共通点もない、散在する幾千という物体のなかで、慎ましい、ほとんど未分化の生活を生きていただけだった。この動かない生活のため、魚や甲殻類、それにあらゆる生き物が無益な、絶え間のない不安に駆り立てられてわたしのまわりでやって見せているような移動の機能も欲望もわたしには無縁だったが、わたしはそれをよかったと思っていた。こういう動物がこんなに人間のそば近くにいて、人間と同じように余計な欲望の奴隷であるのを気の毒だと思った。やがて動物たちのことを気の毒に思うこともなくなり、人間、あるいは魚とは何であったのかも忘れてしまうだろうと予感していた。すでにわたしは、自分がそれであった軟体動物の辞書での名前も、それの属する属の名前も、種の名前も、分類そのものさえも、一切の思い出も忘れていた。

＊

今日？　……今日、ある偶発的な感覚でわたしの過去の状態が復元されるという事態になった。必ずしも同定できるとは限らない思い出、その閃光がひらめいた。突然、かつての不眠と、心臓のにぶい鼓動とが異様に正確によみがえった。昔はこの鼓動が聞こえると、わたしは眠れなくなり、あるいは寝入っているときは眼が醒めてしまった。寄せてきては胸に当たって砕ける体内の大波の音のように聞こえた。その衝撃は、ときには速まりつつ繰り返されたが、わたしが左に横向きに寝ているときは一層執拗に聞き取れるのだった。おそらくマットレスが当たって苦しくなったか、あるいは衝撃は弱められつつも、同時にあいまいな反響で長引いていた。そのためわたしは右に向きを変えなければならなかった。わたしは自分自身の不在へ追いやられていたが、その不在のなかに、わたしは廃棄された連続性を恢復させ、わたしの記憶に火傷を負わせ、一瞬、冬眠から目覚めさせることのできるものを探した。そのときだ、わたしが背後に、岩に当たって砕ける海水の岩を打つかすかな音を耳にしたのは。海水は小さな水溜まりに満ちてきて、石に当たって砕けたかと思うと、波まち顔の微細な水路をたちまち引いてゆく波とひとつになるのだった。わたしは思い当たった。同じ動き、同じ物音、だがもっと強烈な物音、同じリズム、だがもっとゆっくりしたリズム、これらはわたしには馴染みのあるものだった。ただこのたびは、騒ぎを起こしたのは壊れやすい牢獄に閉じこめられた内臓ではなく、広大な大洋の根気強い息切れであり、それはいたるところから、大洋とともに、その後についてやってくる。

世界の呼吸、というより、まだ呼吸ではない最初の揺れは、もうわたしの内部には発生源のひとつさえもたない。たぶん、取るに足りないものの、執念深く、独立不羈で、必ずやいささか離教者めいているわたしの内部には。揺れは、どうでもいいといわんばかりにわたしにやってきて、愛撫のような、お世辞のようなふりをするが、そのくびきをやんわりとわたしに感じさせる。ちょうど震動がなくなりはしないのに弱まる、あらゆる海岸の、あらゆる海藻に感じさせるように。わたしはかつて自分が別の界に、混じり合ったもの、融合したものだけが存在する界に帰属していたことを疑うわけにはいかない。

月が遠く深い海を照らしている。それはホメーロスが、色に名前がなかったころ、スミレ色の、フクロウの眼の色の、クラテルの水で薄めたブドウ酒の色のと、代わる代わる呼んだ海である。言葉の幼年時代はこういう比較をホメーロスに余儀なくさせ、その結果、宇宙の生き物と事物との友愛関係が生まれたことをわたしは素晴らしいと思う。結局のところ、わたしはすべてを知っているし、また何も知らない。言い換えれば、わたしは、知識がわたしの重荷ではなくなったことを自覚しているということだ。わたしは好みのままに知識を楽しみ、楽しい、あるいは邪魔な幻影として知識を呼び寄せ、消し去ることができる。意志と自律からは見放されてはいても、それでもわたしには、わたしのものではない、漂い、さまよう、ある普遍的な記憶が、あいまいな感受性が残っている。

ここでもまた、わたしが認めていたのは、新しい条件の結果ではなく、わたしのかつての本性の、究極にまで至った特徴であった。わたしは自分がまばらであると同時に偏在していることに驚いてはいなかったし、また相互浸透のように、世界についての記憶と感受性の、増大してゆく小片を受け取るとすぐに取り落とすのにも驚いてはいなかった。わたしの存在は小片に広がり、それに代えて、小片がわたしの存在を満たした。水準は高まり、そして低くなる。均衡は、二つの連通管の間のように、つねに保たれている。たぶんわたしはまた、無数の海でもあり、夜の遠い星々でもある。突然、むかし読んだ神秘主義の本のことを思い出す。わたしは、それらの本に書かれていたことは何ひとつ経験していない。エクスタシーも、眩暈《めまい》も、どんなたぐいの歓喜も感じたことはない。全体と、あるいは神的なものと一体であると思うことはない。悟りをもたらす忘我の境地にのぼりつめたこともない。わたしがいまの境遇に堕ちたのは、疲労が重なり、断念がつづいたからだ。無気力がつのり、全身に広がるのをわたしは放置した。煮え立つ湯から卵を取り出すと、殻に残る濡れた斑点はみるみるうちに蒸発して小さくなる。この結露と同じように、わたし個人のエネルギーは小さくなり、わたしはゆっくりと何か得体の知れないくすんだものに、ごく微細な、茫漠としたものに取って代わられたのである。

たぶんわたしもまた、菩薩とまったく同じように、自分の読書からの生きながらの解脱者であり（だがおそらくわたしは言葉を混同している）、因果のくびきから、欲望への隷属から、生きる苦から自由だが、それはしかし太陽の光で干上がる沼としてである。個体からの解放、基本的な吸取り板《ばん》による個体の吸収、これが苦行によってなされようと、沈滞によってなされようと、そんなことは宇宙の波立ち騒ぐ熱狂状態にとってはおそらくどうでもいいことだ。わたしは宇宙の魂の一滴でもなければ、一閃でもない。また差し迫った災厄をさし当たり心配している魂でもない。わたしは部分的な、中間的な、凡庸な何かであり、かつては感覚をもっていたものの、いまはゆがんだ板のようなものである。わたしが核に、独立した胚に結ばれていたとき、わたしは自分が、いまとなっては不可解な野望の、色欲の、率先行動の中枢だと思っていた。こういう過剰な荷物を失っただけなのだ。

子供のころ、わたしはかたくなに我を通そうとして母の叱責をかったものだが、そのころの母の姿がよみがえる。「分かったわね？《レゾンヌ》」と母は言ったものだが、その言葉にはいきどおりと威嚇が混じっていた。こうしてみると、わたしは最後まで、関節のつながった、石灰質の仕切り壁の内部で、不完全な隠者生活を送っているいまでも、推論《レゾネ》しつづけていたのだろう。考え、そして議論するという、この、もう生きていないように見える本能、この反抗、この欲求、これはどうして一番ながくわたしについてきて離れなかったのだろうと、最後のひらめきで、わたしは自問する。まどろみ夢見ている、このわたしが一瞬、身体を硬くし、堅固な好みに敬意を表する。

わたしは最後の段階に近づいている。もう自分と海水との、のろまのサンゴとの、震えおののく弱いイソギンチャクとの見分けもつかないときになっても、推論するのだろうか。たぶん、一種の引き潮、生き物の連なりをさかのぼる上昇気流もまた存在する。それなら、今度はわたしが人間の前腕に、次いで下腹に住みついて、人間をおびえさせ、警告し、その意識を別の、あいまいな、薄められた意識に転倒させる欲望をほのめかすようなことが起こるかも知れない。他の多くのものと同じように、たぶん人間はそうとは知らずに、闇と沈黙を待つだろう。すべてのものと同じように、夜でもなければ光でもない、くすんだ霜を、鈍麻した魂にも、追い出された魂にもそぐわない、にぶい、途絶えることのないざわめきを見出し、空を、休息を、眠りを、あるいは平安を発見するだろう。森羅万象が芽生え、そして失われる、説明不可能の大混乱は、貪欲な死の国にも増して、獲物を手放すことはない。おお、死よりもずっと強く、強欲で、腹黒い生、死の力を信じこませる狡猾な生。

わたしは自分が夢を見ているのではないと知っている。わたしは究極の実在に到達した。それは無ではなく、わたしが化した灰色の風景である。それでもわたしは、ある日、自分が目覚め、巨大な運命の輪の羽根車《はねぐるま》のひとつに通りがかりにぱくりと咥《くわ》えられ、表面に再びもち上げられるのではないかと怯えている。運命の輪は、やみくもの運動で、目的もないまま、永遠に、世界を攪拌するのである。

ポンス・ピラト

Ponce Pilate

異国ノ人ナラヌ
アレナヘ捧グ

第一章

祭司たち

払暁、ピラトはイエス逮捕の知らせと、アンナスとカヤパとが出頭し急ぎ会談を申し出ている旨の知らせとをほとんど同時に受け取った。聖なる日に、ほんのわずかでも身を穢すことはその宗教の禁ずるところであったから、二人は官邸の外での会談を要求しているとのことであった。ピラトはこの職務についてもう何年にもなるが、このような申し出は相変らず腹立たしかった。しかし申し出には応じなければならない。住民の熱狂的信仰とのこうした軋轢は、かれにとって何よりも由々しい悩みの種であった。軍旗事件のときには、かれはとうとう折れた。水道工事事件のときには、がんとしてその態度を曲げなかったが、死者や負傷者が出た。また最近ユダヤ人たちが、かれの命令でヘロデの古い宮殿に掲げられたカエサルの名前の入った楯の撤去を求めたときには、成り行きに任せておいた。ユダヤ人たちはティベリウス帝に訴え出た。皇帝はピラトの非を認めた。ピラトは心中深く悲しんだが、問題の紋章を撤去しなければならなかった。この決定はひどくピラトを傷つけた。かれは邸の壁にローマ皇帝の至上権を公然と示したかったが、皇帝は自分の代理者の立場を支持するどころか、帰属住民の陳情を聞き入れ、皇帝の名前ともども、ローマの権力を示す徴しをも撤去するように命じたのである。

ローマから与えられた指示ははっきりしていた。土着の信仰と風習とをできうるかぎり尊重せよというのである。ピラトはこの指示に一種の許しがたい断念を見てとっていた。昨夜の事件の知らせを受けたとき、かれは経験から推して、それがまた新しい屈辱をもたらすのではないかと恐れた。いずれにしろ、たとえ祭司であるとはいえ征服された者たちが、ローマ皇帝の代理者に、日常の執務を行っている部屋とは別の所での会見を強要してきたのをそのまま受け入れるのは、かれには苦々しいことであったし、馬鹿げたことにさえ思われるのだった。根も葉もない迷信的幻想に自分も従わねばならないのはいかにも残念なことだったが、ローマでなら、これとおなじ類の幻想なら大っぴらに冷笑することもできるだろう。こういう態度は、ピラトの考えでは、ローマ人の東洋人に対する軽蔑ではないし、また征服者の被征服者に対する軽蔑でもない。人間の軽信的態度に対する哲学者の反抗である。ローマには、かれが鳥占いを嘲笑しても、あるいはまたユピテルの祭司の遵守している古いさまざまなタブーを冷笑しても、その妨げになるものはなにもない。従って、エルサレムでは、ローマでローマの宗教に対して執っているのとおなじ無造作な態度で、ユダヤ人の宗教を取り扱ってはならぬという命令は、かれには我慢がならなかった。この政策上の屈従は、かれの怒りを買っていた。その上、ティベリウス帝の代理者であるかれがその身に体現しているのは、明らかに秩序と理性と法であり、正義と権力とであった。ローマから寄せられるさまざまな命令がまったく馬鹿げたものであり、そのため、時々どうしても起らざるを得ない衝突を回避するためには、心にもない見せかけの態度を執らなければならなかったが、これはいかにもいまいましいことであった。もしローマが文明と平和とをもたらしたとすれば、便宜主義からとはいえ、そのローマが馬鹿げた習慣の前にいちいち辞を低くするのは、ローマに相応《ふさわ》しいことではない。そんなことをするくらいなら七つの丘の囲いの中にとどまって、イタリヤも世界も征服しなかった方がはるかにましである。

ピラトは苦々しいあきらめの気持を抱きながら、すぐ出向く旨を最高法院の代表者に伝えるようにいった。それから昨夜の小競合いの報告を聞いたが、そこにもまた新しい不満の種があった。報告によれば、烏合の衆の一団が、夜、抜身の剣と棍棒とで武装し、松明《たいまつ》とランプとをかざして令状ももたずに、法律上なんの嫌疑もない一人の説教師を襲ったということだったが、かれは最初から、この烏合の衆の一団こそうさんくさいと思っていた。ひょっとすると、既成事実をでっち上げておいて、それをお目にかけようとしたのだろうか？　せめてこれが、下層民の神経過敏によってよく惹き起されるようなほんの偶然の喧嘩騒ぎか、その場かぎりの乱闘であってくれればいいのだが、しかし陰謀のあることははっきりしていた。アンナスとカヤパとがこれほど朝早く出頭してきたことからも、陰謀を仕組んだ者がだれであるかはかなり明瞭であった。

他方ピラトは、もうかなり前からメシアという言葉の意味の説明を受けていた。この言葉を人の口から聞くのもはじめてではなかった。この問題については、かれにもかれなりの意見があった。この事柄そのものは常軌を逸しているように見えたが、しかしもちろんメシアたちはローマの法律の対象ではない。狂信者がこれほど周期的にメシアと名乗って出ることは、まさにユダヤ人たちの過ちであるとさえかれは思っていた。ユダヤ人たちはひっきりなしにメシアについて語り、そしてその出現を待ち望んでいる。こういう期待の気持こそ、ペテン師どもにとっても、また正しい信仰の啓示にあずかった者にとっても常に変ることのない誘惑になっているのは明らかだった。その上、ほんとうのメシアは、いったいどんな徴しによってほんとうのメシアと認めらるべきなのか？　うさんくさい、また望ましからざるメシアの志願者から、ほんとうのメシアを区別するための厳密な規準は何ひとつ定められてはいない。だとすれば、一人のおめでたい人間かそれとも悪賢い人間が、「神の祝福をうけた者」であると名乗り出て、大金持の豪奢な暮しぶりを非難し、祭司たちのペテンぶりを難じ立てる度に、どうしてユダヤ人たちは戸惑いを覚えないでいられるのだろうか？　こんなことを思うにつけても、ピラトには祭司の選任と大祭司の叙任とに重大な役割を演ずる手続きのことがしのばれて、不意に自己満足を覚えるのだった。迷信の中から迷信を選ばなければならないとき、かれは気紛れと混乱とよからぬ争いの余地の最もすくない、最も規則だった迷信を断乎として選ぶのだった。

ピラトは肩をすくめて報告の絵のような件《くだり》を楽しんで聞いた。それはシモン・ペテロの切り落された耳が奇跡によってもと通りになる話であり、人の噂ではメシアが天上からたちどころに呼び降すことができるといわれる天使の十二軍団を暗示する物語であった。ピラトはユダヤの地に着任以来親しんできた民間伝承を再び耳にした喜びに、不安が融け去ってゆくのを感じた。必要以上に心配する必要はないのだ。事件はまったくありふれたものであり、おそらくアンナスやカヤパと短い会話を交わしているうちにすぐけりがついてしまうだろう。だがこの点について、ピラトは思い違いをしていた。それは、かれが熱心な官吏ではなく、怠惰ゆえのオプティミストであったからだが、そもそも政治家にとってオプティミストとは、計算があってはじめて相応しい態度であり、あるいは無益な困難を一挙に排除し、または問題の解決を促すためにオプティミストであるように見せかけることが政治家には相応しい態度なのだ。ピラトのオプティミズムは、駆引きによるものではなかった。複雑に入り組んだ事柄への恐怖から自然に生まれでたものであった。

法廷と事務所の外をめぐる回廊で、総督はほとんど屈託のない寛いだ態度で、公の肩書はなにもないアンナスにまず挨拶し、それからカヤパのいるのに気づいた素振りをみせると、いかにも気のすすまぬ様子でありきたりの歓迎の言葉をかけた。アンナスを先頭にしたこの序列から見て、会談の目的がいわば私的な問題にかんすることは明らかだった。すなわちピラトは、前任の総督に解任されたとはいえアンナスという卓越した人物との会談に応じたのであり、そしてアンナスもまた、おそらくは偶然のことから、最高法院の議長である娘婿を伴って来ているのだ。だがアンナスもカヤパも駆引きについては無知ではなかった。二人はすぐ訪問の目的をピラトに説明したが、それはピラトが惧《おそ》れていたように、たんなる儀礼上のものではなかった。最高法院は総会において、イエスに死刑の宣告を下した。七一名の議員は、ローマ当局がただちにこの判決を裁可してくれることを期待している。これは必要不可欠の手続きであるが、しかし即座に決着がつけられなければならない。裁可が下り次第、即刻その日に、総督が自称メシアの磔刑《たっけい》の執行を命じてくれれば、最高法院は満足するであろうということであった。

ピラトは、何も急ぐことはないと答えた。それから、七一名の議員がほんとうに招集されたのかどうか尋ねた。かれの理解しているところでは、この会議は最も重大な決定を下す場合にのみ招集されることになっており、今回のこの事件は、どうみても重大なものとは思えなかったからである。それにまた、なんという性急さだろう！　イエスの逮捕は昨夜のことにすぎず、いま夜明けを迎えたばかりだというのに、もう死刑の判決が下され、一刻の猶予もなしに刑の執行が要求されているのだ。

カヤパは順序だてて、最高法院の全議員の出席が必要とされる場合を列挙した。すなわち、以而非《えせ》預言者、大祭司長、宣戦布告、エルサレムの拡張、都市計画の重大な変更などといった支族全体にかかわりのある問題である。ガリラヤのイエスは以而非預言者である。従って、かれに対する決定権は最高法院の刑事部ではなく七一名の議員にある。決定は下された。死刑である。だが、総督もおそらくは御承知の通り、すべての死刑はローマ権力の認可を得なければならない。そこで、最高法院の議長であるカヤパは、総督の裁可を願うべく出向いたのだ。義父アンナスが同道したのは、かれもまた、ユダヤ人共同社会の最高決定機関から下された死刑の判決を、だれもが一致して認めている威信にもとづいて支持しているということである。

ローマはこの最高決定機関に、ユダヤ人社会の内部問題をそれ自身の法律にもとづいて自由に処置する権限を一貫して認めてきたが、しかしまた一方、死刑執行の権限はローマにのみ属している以上、死刑の判決が下されれば、ローマの代理者である総督はすぐ最終決定を下さなければならない。もちろん、最高法院はこの申し出が拒否されるなどとは思ってはいない。それは、最高法院に公認されている裁判の独立性に反することになる。カヤパはこういって、鄭重に、しかし断乎とした態度で総督の連署を願いでるのだった。

ピラトはこうした制限処置を中央政庁にすすんで勧告していたが、かれの考えによれば、この処置は、熱狂的信仰にもとづくさまざまな要求を制限するのに役立つはずであった。ところが今日、その不便な点が明らかになった。学者や書記たちは、民衆的人気を博している厄介者を好き勝手に厄介払いするために、法律を尊重している素振りをみせながら、被疑者に刑罰を与えるという厭わしい仕事を、被疑者など一向に迷惑には感じていないローマの権力に肩がわりさせようとしているのだ。ピラトは惧れていた策略に気づいて苛立ったが、こんな策略が生まれてくるのも自分がその先棒をかついでいたのだから、苛立ちは一層ひどかった。かれはずるく立ち廻ることにした。

ピラトには別に二つの論法があった。まず第一に、死刑執行の責任はあげて総督にあるが、しかし最高法院の考えとは反対に、土着民の法廷で宣告された判決を一つひとつ組織的に認可することはすこしも総督に求められているわけではない、と主張することもできた。つまり総督は、新たに審理を行い、その審理にもとづいて理非曲直をただし、しかる後に刑罰の適用に有効な処置を執らねばならないのだ。一方また、メシアはガリラヤの人間であるということである。この場合、メシアはガリラヤの分国王《ぶんこくおう》ヘロデの裁判所の管轄のもとにあるのが普通である。ところで幸なことに、そのヘロデはいまエルサレムにいる。

そんなわけで、ピラトは信念からというよりはローマ権力の特権という原則を擁護するために、自分がその適用の任にある法律に照らして、預言者の告発された行動を調査する権利があると告げるとともに、それに先立って、容疑者が生まれた国の分国王ヘロデのもとへ容疑者を出頭させることこそ規則にもかなっていれば、また礼儀にもかなっていることだといった。ヘロデがいまエルサレムにいるのだから、容疑者を移送してもわずかな時間しかかかるまい。

かれは会談を打ち切るべく立ち上がった。ヘロデはローマの引き立てによって王位についた王の子供であり、しかもエドム人の血を引く者であったが、そのヘロデがなにもすき好んでユダヤ人同士の諍《いさか》いに割り込んでくるような真似をしないことはピラトにはわかっていた。また大祭司たちにもわかっていた。アンナスとカヤパは抗弁しようとしたが、ピラトはかれらを制し、わしのいったことは命令なのだ、と傲然といいはなった。そして別れの言葉もかけずに、かれは回廊を出ていった。

一時間後、最高法院からの通達がかれのもとに届けられた。最高法院がしきりに力説しているのは、煽動者がみずから「ユダヤ人の王」と名乗り、ローマの主権をないがしろにしているという事実であった。従って、今度の事件は宗教的というよりは政治的なものであり、だから総督はこの事件には直接かかわりがある。預言者がローマの法律に違反することはなかったと仮定しても——しかもこうした事実は確認されていない——皇帝の代理者が潜在的な主権侵害者を無実とすることはおそらくできないだろう。そんなことをしでかせば、総督は由々しい決定を下したことになり、最高法院としては、ローマに対する責任のすべてはあげて総督に帰せざるをえない。重大な事件についてピラトがその意見を聞かねばならないシリアの地方長官ならば、自分の義務についてもっと別の、おそらくはもっと厳しい考えを示すだろう。

威嚇《おどし》のあることは明白だった。祭司たちがこういう手段に訴えるのは、これがはじめてではなかった。ただ今度の場合、危険のあることは確かだった。楯事件のとき、ユダヤ人たちはヴィテリウスを介してティベリウス帝に訴え出たが、皇帝からの非難をピラトに伝えたのはヴィテリウスであった。今度の新しい軋轢についてシリアの地方長官が執るであろう態度は、推測してみるまでもなかった。厄介なものになりそうな事件の責任をヘロデにかぶせてしまったことを、ピラトは喜んだ。

しかし実をいえば、ピラトはまたしても自分の願望を現実と思い違いしていたのだ。あのガリラヤ人がユダヤ人の王と名乗り、当然ヘロデがそのことを不快に思っているに違いないとしても、しかしまず何よりもユダヤ人とローマ人との問題であり、かれのようにワラのように無力な君主には身の破滅にしかならない事件にかかわりあうには、分国王はいかにも思慮に富んでいた。だから、かれには躊躇《ためら》うことはなかった。間もなく、メシアは、無実の者の着る白い服を着せられて、ローマの兵卒の一隊によって官邸に連れ戻された。無実の者というのには、罪人ではない者、理性を失った者という二つの意味がある。ピラトへの情報によれば、ヘロデはこの囚人に、みずからの神性の証しを立てるために奇跡を行ってみるように要求したということである。そのとき、イエスは沈黙したままであったという。ピラトは自分の計略が挫折したのを見て絶望した。預言者に奇跡を要求するのはかれには奇妙なことに思えたが、しかし考えてみれば、いかにも巧妙なことだ。メシアの主張をこれ以上手際よくはねのけることはもうできないように思われた。そのとき、昔の読書の思い出が、一瞬かれの記憶をよぎった。「だれの力も借りず、無駄には奇跡をなさぬ神」。たしかにこれらの詭弁家たちは、どんな事態にも応じられたのだ……

だがそれにもかかわらず、最高法院に抵抗しようとする総督の決意はかわらなかった。もちろんイエスなどは、かれにとってはどうでもよかった。ピラトの得た情報から判断すれば、ともかくこの男はその迫害者たちよりも格段に立ち勝っている。かれは、ピラトがこの上なく忌み嫌う者たち、ギリシャの哲学者の寛容と智慧によってもおそらくはけっして屈服させることのできない狂信者たちから白眼視されている。ピラトはただ最高法院を苛立たせるためにのみ、この説教師を無条件に釈放したい気持になっていた。だが不幸なことに、民衆の熱狂ぶりはすさまじく、事件をもみ消すことはもはやほとんど不可能であった。手取り早く解決しなければならない。踰越祭《すぎこしのまつり》がはじまり、明日は安息日である。特に祭司たちの押しつけがましい態度が気がかりだった。ピラトには、自分の昇進と身の安全とを間違いなく危険にさらすのではないかという予感があった。かれの上役ヴィティテリウスは、ティベリウスの信任が厚い。厄介な事態が起れば、ヴィテリウスはまた喜んで総督の統治を告発することであろう。そんなことにでもなれば、軍旗事件があり、水道工事事件や楯事件があった後だけに、総督の解任はおそらく間違いのないところだろう。たとえ由々しい事態にはならぬとしても、ヴィテリウスは最高法院の苦情をかならずやティベリウスに伝え、それを支持することだろう。ピラトは処置のなまぬるさや投げやりな点を非難されることだろうし、またかれのよく知られている誤った考えに固執し、知識人の抽象的政策に固執したといって非難されることになるだろう。

ピラトは苛立っていた。そして自分が罠に落ちたことに気がついていた。だがその一方では、こうしたさもしい気苦労には胃の痛みを紛らしてくれる利点さえないことを、半ば真剣に半ば皮肉に残念に思うのだった。

こうした思いをめぐらしているとき、奴隷の女が来て妻がかれに会いたがっていると告げた。そして百夫長《ひゃくふちょう》からは、街の群衆の騒ぎがますます激しくなっているとの知らせがあった。群衆は預言者の死を要求しているが、いまは騒ぎ立てることで満足している。衛兵で簡単に騒ぎを鎮めることはできるが、事態は突然悪化するかも知れない、ということであった。ピラトにはデモ騒ぎの拡がりの早さと規模の大きさとが腑に落ちなかった。アンナスとカヤパの手が廻っているとも疑ってみたが、しかしそれにしても、かれが用意周到で公平で公正なものと素直に判断していた提案に対して、これほど不釣合いな返答をされるとは意外であった。大祭司たちの申し出を拒否した覚えはなかった。おそらくほんのわずか延期しただけだ。かれは法律上のいくつかの問題点を提起したが、それらの問題点はまったく妥当なものであった。ローマ皇帝の総督はできうるかぎり地方当局者の意に従うようにし、また公共の秩序を遵守させようと努力しているが、しかしそれでも、地方当局者のいうことならなんでもみんな正しいとするわけにはいかない、ということを理解させようとしたのだ。またローマ帝国の政治は、きわめて錯綜した事実を斟酌しなければならないが、特殊な事件の場合、情報が欠けていることもある、とつけ加えることができたかも知れない。こういった決まり文句は、似たような事件に出遇った際、かれがよく口にする言葉であり、それにまた行政官の大部分の者にとってはなじみの言葉であった。もちろん、かれがこうした決まり文句を口にしたのは経験に寄せるある種の無意識的敬意からではなかったし、またこれほど儀式ばった言葉の値打ちについてどのように考えればよいかをおそらくはわきまえている相手の烱眼《けいがん》に対する敬意からでもなかった。しかし一方、自分の義務を自覚しているローマの高官から、正直いってこれ以上のことを期待することができるだろうか？　要するにピラトは、自分がまったく非のうち所もなく上品に振舞い、会談の相手も自分の議論にそれ相当に満足すべきであろうと心の底から確信していたのである。なんといっても、かれはかれらの気に入るためだけの総督ではないのだ！

事実、アンナスとカヤパは、ピラトの内に秘められている意向についてはすこしの幻想も抱いてはいなかった。ピラトが自分たちに反感をもっていることは知っていたが、特に楯事件の手痛い失敗以来はっきりしてきた総督の弱い立場から考えて、総督はすぐに妥協してくるものと信じていた。ところで、二人はぐずぐずしてはいられなかった。地方でのイエスの人気は絶大であり、だれもかれの超自然的力を信じて疑わなかったが、アンナスとカヤパの影響力はほとんどなかった。イエス逮捕の噂が処刑前に拡がるようなことにでもなれば、弟子たちが人々を糾合して力ずくでイエスを救い出す惧れがあった。だからこそ、カヤパに事情の説明をうけ、アンナスに説得された最高法院の大多数の者たちは、急遽ピラトに二重の圧力を加えるのに必要な処置をとったのだ。すなわち、シリア地方長官への密告という威嚇《おどし》であり、と同時に、ローマの総督が反ローマ抗争の一人の暴徒を処刑しなければならなくなるような人民暴動という威嚇である。

ピラトは、その動機をはっきりと見て取れぬままに、策謀の意味をようやく理解しはじめていたが、そのとき、妻が案内されて入ってきた。

ピラトは妻をいたく愛していた。それも特にエゴイズムから、そしてまた彼女なしですますことができなかったからだった。ユダヤの地への赴任を命ぜられたとき、かれは妻の帯同を赴任の条件としたが、これは規則にはともかく、すくなくとも習慣にはまったく反することであった。プロキュラの帯同が許されたのは、ティベリウスの特別の好意によるものであった。

プロキュラは蒼ざめ動顚しているようだった。彼女は夢にうなされていたのだと夫に打ち明け、ユダヤ人たちからその処刑の求められている義人を救ってやるのが望ましいことだといった。不幸な女はよりによって悪い時にやって来る。自分の妻がこんなことを為出かすとはピラトはほとんど思っていなかったし、こみ入った馬鹿げた事件に首を突込んできて、自分の心配の種をふやすことになるとも思ってはいなかった。それも、微妙な立場にあるかれに助言するためではなく、夢の話をして聞かせるためなのだ。もう沢山だ。たかが一つの夢に不安を覚えなければならないのだろうか？　だがプロキュラはひどく昂奮していた。そしてピラトは権力を行使するときとおなじように、夫婦生活でも弱気だった。かれはあきらめて妻の話に聞き入り、その話に興味をそそられているかのような素振りを示した。だが自尊心から、そしてまた自分の善意を強調するために、ある苛立たしさを感じながらやっと興味を覚えているにすぎないようなふりをした。

夢の中でプロキュラは、どこか人目を忍ぶような、それでいて熱狂した人々の群れている地下の迷路で道に迷っていた。外壁にはとりどりの魚や仔羊の絵が描かれており、そしてときおり、これらの魚も仔羊も生きたものになるのだった。重い歩調と鎧のきしる音と、姿はみえないが近くには衛兵がいるに違いないという確信とが彼女を追い立てていた。空気は稀薄になり、通路はさまざまに分岐していた。そして預言者に寄せる信仰は、あたかも巻き毛や鱗《うろこ》の意味を解読することができるかのように、とりどりの魚の特徴と羊の毛の意味を読み取らねばならないというわけのわからぬ冷酷な義務と化しているのだった。

プロキュラはメシアの運命が自分にかかっていることは知っていたが、魚や仔羊の意味を見抜くことはどうしてもできなかった。文字しか読めないのがひどく悲しかった。すると声が聞こえ、それは仕方のないことだ、しかしお前には恐ろしい過ちを犯した責任がある、そしてその過ちのために人の世は何百年ものあいだ苦しむだろうと告げるのだった。ピラトが権力を行使して、これほど悲劇的な侮蔑行為はやめさせなければならない。神々がこういう予言を与えてくれるのは、ただの一回かぎりです。睡《ネム》リノ門ハ二ツアル……。人々に予言を与える夢も、人々を惑わす夢も一対の門を通って来る。でも今度の場合、神のお告げは、死者の霊が象牙の門を通して送り届ける人を惑わすあの幻影ではけっしてありません。わたしの言葉に従って、メシアを不名誉な死から救いだして下さい。プロキュラはまだ震えていた。そして汗にぬれていた。

ピラトは、縁起、鳥占い、夢、犠牲者の胃の腑、あるいは聖なる若鶏の飢え、こんなものでローマの行政官が自分の進むべき道を決める時代はもう去ってしまったのだと答えたかった。だが妻の苦しんでいる様子に哀れを感じ、彼女の熱っぽい話しぶりにわれにもなく感動を覚えていた。かれはできる限り妻をなだめ、そして夢というものは曖昧で解釈するのはむずかしい、夢の中では無益な感情が、夢をかたちづくる支離滅裂なイメージに途方もないかたちで結びついているから、曲りくねった地下室や魚の絵や軍隊の幻などによって惹起された不安な感情に、はっきりした意味を与えない方がよい、といったことを彼女に説明して聞かせた。しかしまた、夢の幻影の意味については友人マルドゥクの意見を聞いてみると約束した。マルドゥクはカルディア人であり、従って夢解釈の専門家である。この約束はかれには何でもないことだった。第一に、マルドゥクとの対話はかれの気持をうっとりとさせてくれるばかりか、紛らわせてもくれれば静めてもくれる。その上、メソポタミア人の長所でかれが最も高く買っている懐疑的態度は、この外国人と出会うまではそれ以上のものはないと長いあいだ信じていた自分の懐疑的態度をしのぐものであった。マルドゥクの屋敷で慰安の一夕を過ごすのをかれは楽しみにしていた。この機会に、妻の話をしてかれを楽しませてやろう。マルドゥクも、なにかもっともらしい安心のゆく説明をしてくれることだろう。そうすれば決着はつくだろう。実際、ピラトの約束にプロキュラはもう半ば以上愁眉を開いた様子だったが、それというのも、夢の解釈についてのカルディア人の名声は計り知れなかったからである。部屋に引きさがる前、彼女は、困難な事態の中でもがき苦しんでいるようにみえる夫を、こうして邪魔だてしてしまったことを許してほしいと頼んだ。

第二章

メネニウス

　ピラトは再び深刻な問題に引き戻された。しかしそれでも、プロキュラの夢は念頭を去らなかった。こんな他愛のない話に心を乱されたのが我慢ならなかった。だが、夢に対してどんなに悪意を抱いている精神の持主でさえ、夢の影響を避けるわけにはいかぬという点にこそまさに夢の魔術的効力があり神秘がある。かれは官邸の司令官を呼び寄せ、司令官とともに事態の進展と今後執るべき最上の行動とを検討してみることにした。当直の百夫長に命じてメネニウスを呼びにやらせたが、そのとき百夫長の報告によれば、総督にじきじき会って話をしたいといってきかぬ一人の狂信者に衛兵が手を焼いているとのことであった。男はメシアの弟子と名乗っているが、同時にメシアを銀三十枚で祭司たちに売ったのは自分であるといいはっているという。

　ピラトは好奇心から、ひどく辻つまの合わぬことをいう男を訊問してみようと思った。

ひょっとしたらこの男の話から、教団の精神について何か有益なことがわかるかも知れない。メネニウスとの相談が終ってから、かれはこの男と話してみることにした。その間とりあえず、マルドゥクのもとに人を遣わし、今宵、夕食後もしさしつかえなければ、かれの屋敷に出向く旨を伝えさせた。それがすむと、司令官を部屋に入れ、最高法院がかれを落し入れようとして仕掛けたと思われる罠について司令官に説明して聞かせた。祭司たちは一人の無実の男に対して死刑の判決を下すという汚名を自分に着せようとしているが、この男に過ちがあるとすれば、おそらく祭司たちを偽善者扱いにしたことだけである。偽善者というイメージはなまなましいが、不快な気持は起らぬし、好都合なものでもあると思う。いずれにしろ、いまや街ではデモ騒ぎがみられるような状態になっている。要求通りにした方がいいのだろうか？　確かにこれが一番簡単なことだ。暴動にでもなれば多くの死者が出るだろうが、要求通りにすれば一人の男の犠牲だけですむ。一方また、狂信者たちの徒党から最初に出された要求にローマの権力が屈する姿をみせることは、いかにも心苦しいことだし、また長い目でみれば危険でもある。のみならずメシアは、地方の住民の大部分から崇拝されている。もしかれをローマ軍団の兵卒の手で処刑すれば、ローマに返されるものは憎悪の昂《たかま》りだけだ。そして祭司たちの側からみれば、おそらく恩義に感ずるどころか、ローマの弱腰ぶりを確認したようなもので、これはすぐにはかれらの記憶から消え去るようなことはないだろう。辺境の地で長年兵役に携わっているうちに、多くの馬鹿げた小心を睡り込ませ、そして徐々に貴重な経験を積んできたメネニウス、鋭敏で慎重で政治的才知にたけたメネニウスよ、お前は、いったいどう考えるのか？

——閣下、とメネニウスは答えた、できるかぎりすみやかに袋小路から脱け出なければなりませぬ。事態は悪化しています。橄欖山《かんらんざん》での騒ぎはすでに憂慮すべきものになっています。最初はなんのことやらわかりませんでした。預言者は、毎日、神殿で説教していました。ですから、法の手続き通りに、真昼間かれを捕縛することは容易なことでした。それなのに人々は、正規の逮捕よりは、それ自体秩序への侵害となる一種の討伐を選びました。その結果、大祭司の下僕が耳を切り落されることになりました。国はそれほど平静ではありません。われわれは少数です。ローマは、われわれの守備隊を補強する必要はないと考えています。もし反乱が起れば、ユダヤの地におけるわれわれの命はいくばくもないでしょう。当座の間だけでも、要求を飲むにこしたことはありません。一時的に体面を失うことになるのはわたしとしても認めますが、しかしこれが最小の損害です。

《一番確かな方法は、あのガリラヤ人の処刑を執行することです。それに、男を引き渡せば、男はおそらくデモに加わっている者たちに切り殺されてしまうでしょう。こう申し上げたからといって、事件の巻添えを食うのはローマにとって憂慮すべきことだ、という点ではわたしも同意見です。問題は、立場を曖昧にしたままいかにして苦境を脱するかということです。イエスは無実である、というかわれわれの眼からみて無実である、ということは存じております。祭司たちからみれば、かれには罪がある。われわれにはこれで十分なはずです。祭司たちはこの事件について、われわれよりもずっとよく知っています。これはかれらの問題です。それに、土着民のあいだの抗争に手出しをするなという地方政庁からの命令には、総督の裁量を容れる余地はありません。なるほど、死刑の判決を下す権限はわれわれのみに託されていますが、だからといって、われわれの仕事が容易になるというわけでもありません。馬鹿げたことです！孤立無援の役人たちが矛盾した指示を受けて、どうにかこうにか切りぬけていかなければならない破目になるのは、これがはじめてではありません。

《二つの危険は避けねばなりますまい。一つは、イエスをローマの権力の保護のもとに置くことです。もう一つは、イエス処刑の責任を引き受けることです。おわかりでしょうか？この地方の人間の心の変り易さをわたしは知っています。つい先ほど、かれらはイエスの死をわれわれに要求しましたが、今度は、イエスを殺したといってわれわれを非難するかもしれません。村の貧しい人々は、イエスをメシアだと思いこんでいます。しかもあの男は自分でもメシアだといっているのです。といいますのも、あの男は無実のようにはみえても、実はかなりのデマゴーグです。しかし、あの男が無実であろうとなかろうと、われわれにはどうでもいいことです。わたしは一度カヤパとおなじ意見をもちましたが、けれどもそれは、あのごろつきが閣下と議論しているときに主張した見解を認めたからではありません。あの男にかれ一流のやり口を思いつかせた原則に賛同したからです。その原則というのはおおよそこういうものです。「一人の男が死んで民衆が救われるのなら結構なことだ。」これはこういうふうにもいわれています。「無秩序よりは不正の方がましだ。」結局これはおなじことです。わたしにはこれが、政治の名に値するすべての政治の避けることのできない原則であるように思われます。といっても、さまざまな結果を考慮に入れておくことは大切です……統治するということは、先見の明をもつということではないでしょうか？　ところで、今日われわれにその犠牲者の引き渡しを迫っているおなじ者たちから、すぐ殺人者とも死刑執行人とも呼ばれるのを避けるために、何らかの処置を講じておかないのはいかにも間抜けたことです。問題はかれら自身の犠牲者であって、われわれの占領に対する反抗の殉教者でないことははっきりしているはずです。かれらのあいだの対立抗争がどのようなものであるにしろ、かれらにとってわれわれはおなじように憎むべき抑圧者である点は見失わないようにしましょう。こういった問題では必ずしっぺ返しがあり、疑ってかかることこそ賢明です。

《わたしが申し上げることは以下の点です。時間は切迫しています。実際的な処置を執らねばならない時です。たまたま今日は祭の日に当りますが、習慣では、囚人が一人恩赦を受けることになっています。その一人をイエスにするか、それともいま牢にいるバラバという盗人《ぬすっと》にするか、群衆に選ばせるのです。群衆が盗人を選ぶことは間違いないでしょう。まず最高法院がこの点に注目するでしょうし、また盗人なら、預言者のように人々の情熱を昂ぶらせるようなことはありません。群衆はバラバを選ぶでしょうが、それはイエスを十字架につけるためです。そこで、不本意ながらといわんばかりの態度で男を引き渡し、そしてこれは閣下がお選びになったことではないとはっきりお示しになることです。閣下は、かれらの選んだ囚人に恩赦を与えてやることで伝統に従ったのだ、そしてもう一人の男の死とは一切かかわりがないということをはっきり示してやることです。わたしはなにも比喩で申し上げているのではありません。閣下は壇上で、実際に衆人環視の中で手を洗わねばなりません。ユダヤの地では、そしてユダヤの地を遠く離れた所でも、それは過ちや瀆聖による穢れから身を浄めるための宗教上の行為であり、不吉な夢や不吉な前兆から生じる色々な結果を無効なものとし、非業の死を遂げた死者の魂に、その本来の怨みを別の所に向けなければならないことを教える行為なのです。

だれもが閣下の行為を理解するでしょう。わたしの経験を信じて下さい。こういう魔術は当り前のものです。そして手を洗うという行為は、いとも簡単に象徴的意味をもつことになりますから、閣下が中央政庁から馬鹿にされる危険もありますまい。

《水差しと手桶と手布巾とをガバタの法廷のお手元に用意するようにさせましょう。その時になれば、わたしが閣下のお手に水をおかけ致します。

《閣下、お許しいただければ、もう一つ申し上げることがございます。預言者を一般法による受刑者たちと一緒に十字架につけて下さい。そうすれば、この処刑にはずっと政治的色合いがすくなくなり、ローマが最高法院の圧力に屈したようにはみえなくなりましょうし、あのガリラヤ人の墓所を秘密にしておくにも好都合なことでしょう。オリエントでは、ラビたちの墓は人々から崇められて巡礼の場所になっており、従って人々の寄り集う場所になっています。》

ピラトは困惑していた。メネニウスの披瀝《ひれき》した逃げ道は巧妙きわまりないものだったが、しかし自分が、他人から平然と、まるでそれが自分のためになる処置でもあるかのように犯罪を唆されている人間であることに、生まれてはじめてはっきりと恥辱を感じていた。メネニウスの明瞭この上ない話が突然思いもかけぬやり方で、明らかにしてみせたのは、イエスの処刑の執行を阻止することができるのにそれをそのまま黙認するのは、イエスを平然と殺害することおなじように罪のあることだ、という事実であった。いまのいままで、思ってもみないことだった。ピラトがアンナスやカヤパの要求を拒否したのは、抽象的正義に対する尊敬の気持からではなく、アンナスとカヤパとに対する個人的な反感からであった。メネニウスがカヤパの考えの根本にあるものとしていまかれに披瀝してみせた議論なぞ、夢にも考えたことはなかった。為政者にとって、無秩序よりは不正の方が支障をもたらすことがすくないというのは確かである。しかしだからといって、不正が望ましいといわねばならないのだろうか……

政治のさまざまな必然性を知り抜いていたにもかかわらず、ピラトはいま、何の疚《やま》しさも感ずることなく習慣から怠惰から、そして当然のこととして、いまのいままで自分が実行してきた原則にショックを受けていた。原則のもつ残酷さを考えると、かれにはとてもその意味が容認できなかった。ものごとをこれほど露骨にいい表す必要性がどこにあるのだろうか？　これでは統治に伴うさまざまな辛い義務が、行動の絶対的基準に仕立て上げられているようなものだ。《確かに無秩序よりは不正の方がよいにきまっている》とかれは思い返してみるのだった。この決まり文句はかれもよく知っていた。もちろん、賤しい血が偶然に流されるのは大したことではない。すべての者が救われるのなら、一人の人間の犠牲は贖われる。しかし何故、いわば不正を公認し、不正に智慧の地位を与え、理想の威光を与えるのだろうか？　いままでもこうした原則に従って行動してきたし、いまでもできる。だがいまかれはこうした原則を排斥していた。そして自分の前にこうした原則が引き合いに出されるのに我慢がならなかった。

メネニウスは総督がこれと似たような反応を示すのをこれまでも何度となく見届けていたが、内心ひそかに、こうした反応は矛盾であり偽善であるといって非難することを忘れてはいなかった。似たような原則をはっきり言明して、おそらくはうわべだけの、何かしら自己満足の入り混じった諦めの気持からこれらの原則を受け入れるのは、それに力を与え拡大することであり、人間の良心をその根本のところで腐敗させることであるとピラトは思い込んでいるだろうが、この点を除けばピラトには返答することはなにもないだろう。総督はナザレのイエスが政治的理性とはまるで反対の、スキャンダラスな原則を説教していると判定するかも知れない。だが、一人の義人を擁護するために多数の人間を犠牲にするなどということが考えられるだろうか？

ピラトは眩暈《めまい》に襲われていた。しかし同時に、こうした逆説的な規範には、かつてストア派の師から受けた教えと暗に符号するものがあるのではないかと思っていた。こうした規範はその教えの延長であるようにみえた。ピラトは、たとえ天が崩れ去らねばならぬとしても正義は行わなければならぬと原則的に認めてはいたが、しかし地方の一介の為政者のなすべき義務とこの教えとをどのように調和させてよいのかはわからなかった。神々の下す命令を賢者たちの心のなかで比較考量してみるカトーのような政治家の賛同以上に羨望に値するものは何もないように思われるのだった。ティベリウスではなくシリアの地方長官の機嫌を損じないかと恐れていたかれは、もちろんカトーの境地には達してはいなかった。

ピラトは自分が臆病者であることはわきまえていた。だがそういうかれにも頑なところがあった。正義に心を奪われながら、その気持を戦闘的な力に変えることができぬままに、じっと耐えているのだった。おそらくまた、自分自身に嫌悪を覚えながら、かれは安易な解決策を受け入れることだろう。

——それでは、とかれは司令官にいった、手桶と薄い銀製の水差しと真白な手布巾とを用意するように。わしのやることが恥知らずなものであっても、すくなくともその所作は優雅でなければならぬし、象徴は完全無欠でなければならぬからな。

かれは冗談を飛ばしたが、その皮肉の意味は口実以上のものであったし、一見そうみえるほど軽はずみのものでも、その場かぎりのものでもなかった。義務を果たし、利得を離れて正義を追求し、またたんに頭のなかにとどまっているのではなくて実際の行動となって現われる寛大さへの衝動などによってもたらされる満足感、こういった満足感は根拠のない疑わしいものであり、また高くつくものだ。報酬がそのために支払われた犠牲に釣合うことはめったにない。だからこそ、犠牲には価値があるのだし、また稀少性もあるのだ。勇気を挫かれれば、人はだれでも徐々により慎重な、より利己的な行動を執るようになる。そして自分のなかで非妥協性が損われてゆくに任せるが、それはもうけっして埋め合わせがきかない。しかしそれでも非妥協性に対する要求は残っている。そういうとき、多くの者は芸術とか、身嗜みに凝るとかいうことのなかに自分たちに変化を与えてくれるはずの代りのものを追い求める。そういうもののなかに、純粋性とか完璧性とか絶対的なものとかいったもの、つまり、より内密で、より要求するところの多い領域でまず自分たちを魅惑したものに相当するものを探し出そうとするのだ。そうなればもう、かれらは自分たちが奮起する必要もなければ、危険も混乱もなく、命を捧げることも身を挺することも必要ではない完全に仕切られた世界のなかで、おなじ理想を追求しているのだと想像するようになる。普通、こういった種類の後退は智慧と経験の賜のようにみえるが、しかし心は欺かれはしない。それが取り返しのつかぬ断念であることを心は知っている。いまや精神と感覚とは、えもいえぬ楽しみを味わっており、しかもこれらの楽しみには高雅さがある。事実、これらの楽しみはあらゆる文明の華である。それは多くのことを忘却させるが、しかしすべてのものを、その他のものを忘却させはしないし、人間の連帯性に寄せる原初の確固たる感覚が、芸術、あるいはその他の華美な情熱への愛のために、いわば疎んじられたその日に生まれたある本質的な喪失への悔恨を忘れさせもしない。こういうことをピラトは忘れてはいなかった。

かれは守備隊の兵舎で待っている狂信者のことを思いだし、訊問のためそこへ赴いた。

第三章

ユダ

男は飛び起きた。赤毛の、歪んだ顔つきをした目の鋭い男である。破れた不潔な上着といい、落着きのなさといい、息せき切った話し振りといい、ほとんど男のためにはならなかった。ピラトはここに出向いてきたことを後悔し、訊問もせずに、あやうく男を外に連れ出させるところだった。だがやがてかれは思いなおした。わざわざここに出向いてきたのだし……それに、一人の哀れな男の陳述を聞くために仕事を中断させられたことを後悔しているような印象を軍団の兵卒たちに与えたくはなかった。ピラトの弱気の原因の一つは、体面を重んじることであった。

《総督様、お知らせしなければならぬ儀がありました。あなた様は無知でいらっしゃる。あなた様はわたし同様、「聖なる書」を御存知ではない。「聖なる書」についてお考えになったことはない。それならどうして、「聖なる書」についての知識をおもちになれるでしょうか？

「救い主」の一番熱心な弟子たちでさえ、必要な計略などわかっちゃいないのです。わたしの名前は今後何百年となく呪われることになるでしょうが、あなた様には何の意味ももたない。わたしの名前はあなた様の警察に収容された浮浪人の名前ですし、また「聖なる神」の手先の名前でもあります。わたしの助力ですべては成し遂げられるでしょう。わたしとあなた様、つまりユダヤの総督ポンス・ピラトの助力によって。わたしどもはおなじようにひどい目に遭い、おなじガレー船に乗せられています。それなのに、総督様、あなたは何も御存知じゃない。それで、むら気を起して、いや、それとも公平をお考えになってか、何もかもを台無しにし、地上の民を原初の呪いの重荷の下にうち棄てておこうとしている。何故かといえば、わたしは承知していますが、あなた様はメシアの命を救うことができるからですし、メシアは無実なのだから、刑罰を与えないようにすることもできるからです。昨夜《ゆうべ》、メシアの命を守ろうとして剣を振りかざしたあの大馬鹿者のシモン・ペテロのようにです。でもあの方は御自分が何をなさっているかは御存知です。だからこそ、あわて者に剣を収めるようにいいつけ、マルコスの耳をもと通りになおしてやったのです。あの方は御存知です。カヤパの手下どもに「救い主」を教えてやったのはこのわたしですし、夜、街の者たちが総出であの方の乗った牝驢馬の足下に棕櫚《しゅろ》の枝を敷き終わり、だれもかれもが目を見ひらき、あの方の御手に口づけをし、あの方を「神の御子《みこ》」に違いないと思っていたとき、あの方を犯罪人として、煽動者として、暴徒の首領として逮捕させたのもこのわたしです。わたしも苦労しました。祭司たちと偵察隊の隊長とを納得させ、わたしの裏切りが貪欲からでたものであることをはっきりさせるために、欲ばりであるような振りをし、銀三十枚を要求しなければなりませんでした。けちな人間どもを納得させるには、こうするのが一番よいことだったのです。けれどもわたしは、やつらの銀貨など欲しくはありません。裏切りといわれる行為を済ませてしまったとき、わたしは銀貨をやつらの顔に投げつけてやりました。わたしが銀貨を要求したのは、ただやつらにわたしのことを信用させたかったからであり、あいつらにどうしても必要な行動を執るように同意させるためだったのです。必要な行動というのは、大騒ぎになるような逮捕のことですが、それはもう後戻りもきかず、その事件をもみ消すことも、ありふれた二束三文の雑報の類にすることもできないような逮捕のことです。ありふれた二束三文の雑報！　世界の救済はキリストの磔刑にかかっています。もしキリストが生きながらえるなら、いや角《つの》のあるまむしの刺し傷で、いやペストで、いや脱疽《だっそ》で、いや、何が原因であってもよいが、とにかくありふれた人間とおなじように天寿を全うするようなことになれば、「贖《あがな》い」は台無しです。けれども、イスカリオテのユダのお蔭で、そしてまた総督、あなたのお蔭でそんなことになりはしないのだ。「人の子」といわれるあの方は、空地で十字架にかけられ、そしてその骨は数え上げられることになるだろう。「エホバの聖堂」の帳《とばり》が上から下へと引き裂かれ、真昼間だというのに地上は闇に覆われるだろう。神は人間どもの贖いのために死ぬのだ。神は自分を忌み嫌うユダヤ人も、そしてまた神を知らぬローマ人をも救ってくれる。そしてかれらの子供たちも、そのまた子供たちも救って下さる。神の血の一滴一滴が、かれらを一人ひとり救ってくれるのだ。総督、わたしはあんたとおなじように、「犠牲となられる神」の御心の執行人です。あんたにそれがわからなくとも、重大なことじゃない。カヤパの要求通りに、あんたが今日イエスを十字架にかけるように命じさえすればよいのであり、世界は「神の子」みずから望まれた死によって救われるだろう。何故なら、人間どもを救うには「神の子」の殉教以外なにも必要ではないからだ。あんたは御存知なのか？　あんたは卑怯者と呼ばれ、わたしは裏切者といわれるだろう。だけども、こんな賭けを前にして、そんなことが一体なんだというのか？　わたしは密告者じゃない、裏切者でもない。あんたとおなじように、神の「御心」の執行者だ。イエスの御意志は、あんたがあの方を十字架の刑に処することだ。あの方は、あんたの訊問にさえ答えはしますまい。昨日《きのう》の聖餐式のとき、あの方は、わたしの役目と特権とを愛情をもってお示しになった。するとほかの者たちは、すぐにわたしを軽蔑した。嫌悪の目でわたしを見た。だからあいつらが望んでいたのは犯罪人と瀆聖者であり、「主」の刑苦を阻み、そうしてあの方の自己犠牲の意味、その壮大さと途轍もなさとを台無しにしてしまうことだった。けれども、わたしにはわかっていた。わたしはメシアを、まるで夜盗でもあるかのように引き渡した。そして総督、あんたがメシアを十字架にかけるようにさせるのだ。「人間の贖い」の仕事を疎かにする者よ、寛大な振舞いに及んで、わたしが引き渡した無実の者を放免してはならない。「聖なる書」に書かれていることを実行に移し、そして刑苦という恥辱によって「救い主」の栄光に保証を与えるのだ。あんたも知っているように、十字架上の死は「神の言伝《ことづて》」を保証することになるだろう。それこそは、神の言伝を正当なものとする花押であり徴しである。おれたちは「贖い」に欠くことのできぬ働き手なのだ。あの方はおっしゃった、《躓物《つまづき》は必ず来たらん、されど躓物を来らす人は禍害《わざわい》なるかな》と。おれたちは至高の躓物を仲介する者であり、神がその創りたまわった人間どもを救うために、人間の肉体をまとって苦しみ奴隷の死を遂げるようにはからう仲介者なのだ。おれはあんたにこのことを教えてあげたかった。何故なら、あんたの臆病がそれほど信用ならなかったからだ。だれだってこの上ない臆病者の臆病など信用することはできはしない。おれは、あんたが何かわからぬが急に勇気を奮い起すのじゃないかと恐れたのだ。そんなことになるのなら、事情を説明した方がよほどましだと思ったのだ。これで終りだ、おさらばだ。おれはもう首を縊るより仕方がないからな。義人の血で手を洗った廉でみんなから忌み嫌われ、子供たちにさえ指さされることになれば、総督、あんたも定めし首を縊ることになるだろうよ。明日にでもなれば、おれたちの二つの名前は、もう永遠に結びつけられることになるだろう。「臆病者」と「裏切者」というように。ところが実際は、「勇者」と「忠義者」そのものなのだ。一人の者の弱さは必要なものだったのだし、もう一人の者は献身の余り、そして愛情ゆえに、永遠に裏切りの烙印を押されることに同意したのだ。あんたは忌み嫌われることになろうが、まあ自分を慰めることだ。おれのいわゆる裏切りとあんたの偽りの臆病とがなければ、人間どもを救うことはできなかっただろう。それはあの方も御存知だ。おれのように、処刑に同意することだ。そうすれば、おれたちには最も偉大な聖者への道が与えられることだろう。》

癲癇の発作で逆上した男の話は跡切れた。唇に泡をしたたらせて、男は地面の上を這いまわった。ピラトは、こんなむかつく光景を遠ざけるように合図をした。だがそれでも、男の支離滅裂で荒々しい言葉の中になんとかして意味をみつけだそうとするのだった。意味はみつからなかった。この話全体がかれにはたんなる譫言《たわごと》のように思われるのだった。

こういう者たちは、こんなグロテスクな馬鹿げた話をどこからさがしてきたのか？　人間の救済のために死ぬ神という観念は、いったいどんなことを意味しうるのか？　第一、神は死にはしない。それは矛盾だ。それにまた、神は人間の運命などに気を配りはしない。そんなことは馬鹿げている。ローマの行政官はユダヤの古い預言を実現するためにここにいるのだと想像するにいたっては、馬鹿げているにも程がある。《あんまり馬鹿々々しいことだから、今晩、マルドゥクに話さなければなるまい》とピラトは思った。実際、事態は究明してみるだけの価値はあった。だがピラトは、ほんとうに合理的な説明を期待してはいなかった。ただ、メシア信徒のさまざまな信仰について納得のゆく説明が欲しかっただけであり、どうしても必要な神の処刑ということについて狂信者から振り当てられたきわめて重要な、いわば天命に基づくものでもあるかのような役割を漠然とながら理解させてくれるような眺望を期待していたのだ。博識のカルディア人を除いて、こんな支離滅裂な迷信の迷路のなかを、うまくかれを導きおおせる者はいなかった。

マルドゥクの一家はウルの出身であったが、すでに数世代も前からパレスチナに定住していた。エルサレムの街を出て、エレミアの洞窟といわれている場所の近くに、マルドゥクはカエサリア街道に面したほどよい祖父伝来の領地をもっていた。採石場と地下墳墓とからなるこの領地には、棗椰子《なつめやし》、オリーヴ、いちじくの実などが稔《みの》った。カルディア人は、さまざまな宗派、教義、祭儀などの研究に熱中していた。こうしたものの系統を確定し、宗派間の抗争を記録にとどめ、そして、それらの対立と狎れ合いとをいわば繊細な、と同時に巨大な幾何学のように考えていたが、それがまたかれの無上の愉しみになっていた。よくかれは冗談に、自分は数学と神学という二つの厳密な学問しか知らないといったが、これが冗談でないことはすぐみてとることができた。そしてかれは、神学ほど自分の個人的好みに合うものはない、と附け加えるのだった。

マルドゥクの父は、キシの曾孫、シメイの孫、そしてヤイルの子に当る聖書の貴き老人に敬意を表して、かれをモルデカイと名づけた。この老人はハマンがその一族もろとも滅ぼそうとしたベニヤミン族の出であったが、その姪エステルは、アハシュエロス王のもとに赴くや、首尾よく王を説得し、まさにすべての望みが絶たれようとしたとき奇跡的に自分と自分の民とに対する王の赦しを得たのである。この事件を祝う祭は、いまでも毎年行なわれている。新しいモルデカイは学問の研鑽を積んだが、その結果、自分の守護者が古の神マルドゥクと同一人物であり、エステルは女神イシュタールと同一人物であると考えるようになった。この点について、かれは人々から特に重んじられている「聖なる書」の一章から危険な解釈を導きだしていたが、これを人々にいいふらすのはいかにも賢明ではないと判断し、自分だけの秘密にしていた。だが、この大胆不敵な、そして明瞭すぎる符号にこっそりと敬意を表すために、モルデカイという自分の名前をあの神の名に変えてしまったのだ。そんなわけで、いつからともわからぬ頃から、かれはマルドゥクとして人に知られていたのである。

マルドゥクは、ある狂気じみた宗教の信者たちが住んでいる危険な奥地への旅行許可を得るために、何度となくローマ当局に願い出なければならなかった。この旅行には護衛隊が必要であったから、決済はピラトに任されることになった。こうしてピラトは、民族誌学の遥かなる先駆者に出会ったのである。二人のあいだには激しい共感が生まれたが、おそらくそれは、かなり性質は異なるが二人が共通にもっていた懐疑主義から生まれたものであった。ピラトにとって、宗教は非合理的で興味をそそらぬ迷信とおなじようなものにみえたが、マルドゥクは宗教にしか関心を寄せず、宗教は他のどんな事実よりも、特に哲学の抽象などよりも人間性について教えるところが大きいと考えていた。これはピラトにはみられぬ態度だった。しかしいずれにしろ、このような態度は、神殿の学者たちの衒学的な態度や偏狭さに較べれば、さっぱりとした気持のよいものにみえた。ピラトは、自分の裏切りに目の眩んだ裏切者の戯言について友人に聞きただすのを想像して、もう胸を躍らせていた。

第四章

訊問

敵意を抱いた群衆の近づいて来るぼんやりした物音が次第にはっきりと聞こえてくる。メネニウスが来て、最高法院の有力者たちが囚人のガリラヤ人を連れて官邸の前に集り、総督が外に出てかれらの面前でガリラヤ人を訊問するように要求していると告げた。ピラトはきっぱりと拒絶した。祭司たちの勝手気ままな要求に従うのはうんざりだった……《中に入りたければ入ればいい、外にいたいのならそうすればいいのだ。》ピラトとしては、ローマの訴訟手続にしたがって、官邸の中で審理を行うつもりなのだ。かれはその心労のすべての原因である預言者を引き出すように命じた。ナザレの男はヘロデに着せられた白い服を着て、かれの前に引き出された。

――お前はユダヤ人の王か、と総督は尋ねた。

――わたしがユダヤ人の王であるといっているのはお前なのか？　それとも他の者たちがお

前にそういったのか？　とイエスは答えた。

ピラトにはそんな区別はどうでもいいように思われた。そして他人を訊問する権利は囚人にあるのではなく自分にあるのだと思った。かれは言葉を次いだ。

——わしがお前の問いに答えるべきユダヤ人なのか？　お前の同族と祭司長たちは、お前をわしの前につきだした。いったい何をしたのか？

——わたしの王国はこの世のものではない。もしわたしの王国がこの世のものならば、わたしに従っている者たちは、わたしがユダヤ人に引き渡されないように戦ったことだろう。しかし事実、わたしの王国はこの世のものではない。

——すると、お前は王なのか？

——お前のいう通り、わたしは王だ。わたしは真理について証しをするために生まれ、またそのためにこの世に来たのだ。だれでも真理につく者は、わたしの声に耳を傾ける。

ピラトは微笑を禁じえなかった。真理だと？　なんと単純な男か！　それにまた、この確信にみちた語り口のなんと素朴なことか！　名もない村に生まれた、素性もわからぬ大工の小倅の無学な男には、この真理というような概念には、分析しようとするとどれほど説明不可能な困難が含まれているかいっこうにわからぬとしても無理からぬ話だ。ピラトはソフィストたちの論議やギリシャ人の論争などを想い浮かべた。かれは感動を覚えると同時に腹が立った。

——真理とは何かね？　無駄な問いとは知りながら、かれは試しに聞いてみた。

イエスは答えない。

——お前は、お前の王国がこの世のものではないといい、そしてこの世にやって来たといっている。いったいどこから来たのか？

イエスは黙っている。

——わしには答えたくないのだな、とピラトはいった、わしにはお前を釈放する権限もあれば、十字架につける権限もあることを知らないのか？

——お前には、上から賜わるのでなければ、わたしに対して何の権限もない。だから、わたしをお前に引き渡した者の罪は、もっと大きい。

ピラトは、この男が終始一貫、この世を越えた何ものかに依拠し、そしてこの男にとって現世はこの何ものかに依存しているようにみえるのだ、ということを知った。こんな問題で男の考えの後を追っても、何にもならない。かれは馬鹿げた議論を打ち切った。神がかった人間に反論するわけにはいかない。かれは官邸の外に出て、最高法院の有力者たちにいった。

——この男には何の罪も認められない。男を送り返してきたのだから、ヘロデもまた罪を認めていないのだ。
　ピラトの考えは次の点に尽されていた。《男は人々に、自分がユダヤ人の王であるといわせ、そして同時に、自分の王国はこの世のものではないと断言している。これは矛盾である。ただ明瞭なのは、この男は気が狂《ふ》れているということだ。また神の子であるともいっているが、われわれはみな神の子なのだから、男のいうことには意味がない。男は自惚屋で、真理が何であるかわきまえているかのように、真理を口にしている。しかしまあ、いいたいことはいわしておけばよい。わしの身にかかわりのあることでは、男は無害だ。それに情報によれば、男は税金を納めることを奨励しているという。ローマは男にこれ以上のことは要求しない。》
　群衆は口々に不平を鳴らし、カヤパは唖然としていた。ピラトがこれほどきっぱりとした態度を執るとは思ってもいなかったのである。今朝、総督の抵抗は感じたが、総督を充分に知りつくしているかれには、抵抗がなが続きするとは思われなかった。このローマ人は投げやりで、寛大で、尊大であった。弾圧を加えたり態度決定を迫られたりするのが大嫌いだったが、それも、自分を悩まし、またおそらく不愉快な、しかしそれでいてなかなか微妙で、皇帝からすぐ非難されそうな事件の場合にはなおさらであった。その上、折りも折り、楯事件が起き、ユダヤ当局の公表された固い意向を無視するのは容易でないことをピラトに想い起させていた。かれが頑なに腹を割ってみせないのは、おそらくは事件の重大性に気づいていないからだった。イエスによって惹起された人心の動揺にかれが見届けていたのは、かれが反感とはいわぬまでも無関心を大っぴらに示していた聖職者と宗教とに対する危険な攻撃ではなく、信仰篤くまた迷信的でもある地方にあり勝ちな軽い混乱であり、要するに、政治的情熱と民族的ルサンチマンの恰好の捌口《はけぐち》であるに違いなかった。カヤパもアンナスもまたその友人たちもみな、ピラトがこの事件をこういった観点のもとに位置づけるに違いないと判断していたが、またそれ以上に、複雑なものに対して総督の抱いている恐れをよく承知していたから、総督が最初のチャンスを捉えてかれらに白紙委任し、もはや事件にかかわりあう必要のないことに大きな満足を示すものと信じていた。

かれらは、イエスの無実について、いまピラトがみんなの前できっぱりといい放った断言に打ちのめされた。それはまったく予期しないことであったから、かれらはこれこそ奇跡だと叫び、ペテン師のいわゆる超自然的力をあやうく信じかねないところだった。そして驚きのあまり、総督の宣言の意味を誇大に考えたが、しかしその宣言は、法廷の壇上から宣べられた判決でもなければ、判決の価値をもつものでもなく、なんら法的効力のないたんなる個人的見解にすぎなかった。呆然自失したかれらは、ピラトが回避することのできる責任を回避せず、突如として危惧していた最悪の事態を迎えたのだと思った。ローマ当局は、いまかれらの目の前で、聖なる宗教を冒瀆し、白昼公然と祭司たちを侮辱している不敬虔な浮浪人を保護しようとしているのだ。ローマの貴族がユダヤ人たちを侮蔑するのは当然のことだが、しかしだからといって、責任のある行政官が、有力者たちに異を唱える悪党の肩をもついわれはない。ローマ人だろうとユダヤ人だろうと、祭司は祭司であり、かれらは社会秩序を支え保障している者であり、神々に仕える下僕である。ローマ人に真の神を崇めるように求めるのは問題外だとしても、しかしすくなくともその任にある行政官に、聖職者の存在するところならどこでも聖職者を尊重するよう要求することはできる。おそらくピラトは、最下層民として生を享け、またその者たちの力に頼って奴隷や売春婦どもをそそのかしている一人の煽動者の利益のために、いま自分が軽率に、いわばむら気を起してこの国の宗教や政治の指導者たちの言動を否認したのだ、ということを理解してはいないだろう。それは、社会全体がよって立つべき暗黙の連帯性を断ち切るにも等しい過ちである。それにまた、男の性質から推して、男はまさに一個の謎である。何故ピラトは、われわれに挑戦するのか?

かれらの気遣いは無駄であった。何故なら、ストア派流の公平無私ということをどんなに心がけていたとはいえ、ピラトは何よりもローマの利害を重んじていたし、また事態が悪化した場合には、最後の命綱として、メネニウスに準備するように命じておいた水差しと手桶と手布巾とが残されているのを忘れてはいなかったからである。だが途方に暮れたカヤパは、この場でもうひと押ししなければならぬと思った。かれは叫んだ。

——みずから王と名乗る者はだれでも、カエサルに叛旗を翻しているのだ。もしイエスを釈放するならば、お前はカエサルに忠実とはいえない。

威嚇《おどし》ははっきり目にみえていた。そして祭司たちの背後では、寄せ集められたデモの一団が、預言者を十字架につけよと口々に叫んでいるのだった。ピラトはぎょっとしたが、同時にこの群衆の前に、こんな恥知らずな威嚇に屈する自分の姿をさらすのを恐れた。かれは時間を稼ぐことにした。

——わしはイエスを釈放しようとは思っていない。イエスには相当の罰を与えるつもりだ。明日わしのガバタの法廷で、習慣に従って、お前たちにイエスかバラバを選ばせよう。取り敢えず、イエスにそのいうところの王をローマがどんな風に取り扱うかみせてやることにする。

貧民の群は、自分たちはバラバを選ぶ、イエスは即刻十字架につけなければならぬと叫んだが、同時に、ピラトの予告した見世物を固唾をのんで待ちかまえていた。一方ピラトは待命中の軍隊を官邸の周囲に集め、建物と群衆との間に兵卒を三列に並ばせ、必要な場合には殺傷もやむをえないが、取り敢えず流血は避けるようにとメネニウスに命じた。

それから兵卒たちに、囚人をサトゥルヌス祭の王の姿に仕立て上げて思う存分鞭打つように命じた。兵卒たちは囚人に緋色の上着を着せ、茨で編んだ冠を頭に被せ、手には、二足三文の笏《しゃく》として、長い葦を握らせた。そして楡の木のきまりの鞭と、小骨と鉛の玉のついた皮の鞭で囚人を打った。身をかがめては囚人を罵倒し、《ユダヤ人の王、万才》といいながら、やがて身を起すと、平手打ちをくらわせ、顔に唾を吐きかけるのだった。

大門が開け放たれていたので、群衆にもこの光景は逐一見ることができた。群衆はこの光景に狂喜していたが、ピラトには恐ろしい光景であった。が同時にかれは、寛大に取り扱ったといって人々から非難されている王を偽の王の王位につけて嘲笑するという、こんな巧妙な逃げ道を、鋭いひらめきで思いついたことに満足していた。これは、一月朔日ローマで行われることとおなじことであった。幸運なことに——すくなくともマルドゥクの意見によれば——アダルの月の十四日と十五日にユダヤ人たちが祝うプリムの祭の起源はバビロニアのサカエアの祭にあり、そこでも、最初五日間だけ都邑《とゆう》の統治を許された道化君主は、春の初め、鞭打たれ、次いで十字架につけられるかあるいは絞首刑に処せられるとのことであった。だとすれば、このパントマイムの意味が群衆に見抜けない惧れはなかった。

同時にピラトは、この残酷な光景がデモに加わっている者たちの同情を買い、あるいはすくなくとも、拷問の前菜とでもいうべきものをかれらに与え、そこでかれらが十字架刑という目玉料理をより辛抱づよく待つようになるだろうと期待していた。特にカヤパの威嚇《おどし》を思うにつけ、一人のペテン師がローマ皇帝に代わってユダヤ人の王と名乗ることができるという考えを当然のこととしている議論を、いまや無に帰しうる自信があると感じていた。なんとも御立派な王だ。だれもかれもが夢中になって鞭打ち辱めている仮面舞踏会の王なぞ、愚弄されても嘲笑されても一向にかまわないではないか。

それにまたピラトは、この神がかった男が少々乱暴な扱いを受けたとしても、それでこの地上にしっかりと足を下すようになれば悪いことではないと思っていた。

かれは、冠と緋色の上着をつけ、手には葦をもったこっけいで不様な姿で、イエスを外に引き出させた。人々はイエスを辱め、嘲笑った。残忍さそのものに他ならぬかれらの上機嫌ぶりをみて、ピラトは勝負に勝ったと思った。かれは人を制して、《見よ、この男だ》といった。預言者のこのグロテスクな、哀れな姿をみれば群衆は満足するだろうと思っていた。だがかれらは、《やつを十字架につけろ！　十字架につけろ！》と叫びだした。

——お前さんたちの王をわしが十字架につけるのかね？》とかれは冗談に尋ねた。人に支えられなければ立ってさえもいられぬこの襤褸《ぼろ》をまとった人間を、十字架につけることなどかれには問題外のことに思われた。そして、もうこれで充分だと思っていた。

――われわれにはカエサルの外に王はない。》とカヤパが重々しくいい返した。それは、自分は騙されはしない、自分の目からみれば、囚人の処刑が実際に執行されるまでは、問題の決着はついたことにはならない、ということを示すためであった。

――明日、ガバタの法廷で》と総督はいった。

いまや安全装置はほどこされた。ピラトは官邸に戻り、ガリラヤ人は牢に閉じ込められた。外では群衆が喚き、警備の列を突破しようとしていた。総督はメネニウスと短い議論を交わしたが、メネニウスは、イエスの身柄を引き渡して即刻決着をつけなかったことに強く反対した。それからピラトは休息を取り、マルドゥクを訪ねる時間が来るのを待ちながら睡った。一日の出来事をあれこれとマルドゥクに語って聞かせ、マルドゥクからはいつもためになる、また面白い説明を聞き、そして場合によっては、かれの意見を採り入れるのが訪問の目的であった。ほとんどわけもわからず、また苛立たしくもある小さな出来事が続けざまに起ったいつ果てるとも知れない午前を過した後では、いま暑い日盛り、これから取ろうとする気分も晴れぬ休息よりも、ずっと落着いた寛ぎがピラトには必要であった。

第五章

マルドゥク

陽が落ちると、ピラトは駕籠に乗ってマルドゥクの屋敷に出向いた。エルサレムは静かだった。民衆の頑固な粘り強さも、太陽と暑さと疲労と飢えとには勝てなかったのである。だが、勝負は一時預かりになっただけだ。それは総督も知らぬわけではなかった。しかしいま夕は爽やかで、爽やかさを約束していた。暗く蒼い夜空には宵の星々がまたたき、ハイビスカスの花はつぼんで、オシロイ花が花開いている。この単純で不易な秩序は、近頃めったに味わったことのない静謐感でピラトの心を充たした。かれは花々が咲き変わるさまを想像してみるのが好きだった。そして新しい花々の匂をかぎつけては、咲き変わる現場をその目で確かめてみようとするのだった。

かれはすでに庭園に足を踏み入れていたが、そこに漂う新しい花の香りはマルドゥクの下僕たちの育てた花々の香りであった。マルドゥクは屋敷の柱廊の下でピラトを待っていた。棗椰子の葉がまるでたるんだ大きな蜘蛛の巣のように、微風にゆれている。物陰には一羽の孔雀が睡っていた。低いテーブルの上には、綿毛のような薄い皮といっしょにぽりぽりかじって喰べなければならぬまだ熟していない巴旦杏が、種のある赤い果実のかわりに出ていたが、この赤い果実は、ルキュルウスがかつてローマにもち込んだものであった。マルドゥクは、その季節になると、この果実を惜しげもなく客に振舞うのが好きだった。

挨拶がすむと、マルドゥクは合図をした。すると一人の下僕が、傍にある貯水槽から黒っぽい塊を引き出した。

——詩人の忠告に従ったのです、とカルディア人はいった。

雄山羊の皮の革袋は、白葡萄酒を新鮮に保つ。

かれは戯れにこう続けた、

撓《たわ》んだシトロンの樹の花々の中に、
冷たい水の味のする、艶やかな黄色のシトロンが実っていた。

マルドゥクは引用した詩の証拠に樹々をさし示し、杯を満たすように勧めた。立ちこめはじめた闇の中を螢がよぎっていった。

ピラトは預言者の逮捕のことと、アンナスとカヤパとの会見のことを話した。そしていま自分の話している相手が信念の人であると確信していたから、アンナスとカヤパの不実を明らさまに非難した。かれはメネニウスの忠告と、囚人の訊問、及びそれに附随して起ったことことを報告し、次いで、その間のエピソードとしてプロキュラの夢と、最後に、「贖い主」を十字架につけることで、「聖なる書」に書かれていることを実現するために、協力して欲しいと懇願に来た狂信者の奇怪な議論とを、記憶の許すかぎりくまなく報告した。

いったいどんな贖いが問題なのだろうか？　マルドゥクは、こうした奇妙な考え方が人の口にのぼるのを聞いたことがあるか？　こうした考えは人々の間に広くゆき渡っているのか？　ユダヤ人の王にして、同時に「神の子」である者は十字架の上で死ななければならぬと公言している宗団が、ほんとうに存在するのか？　マルドゥクは総督の誠実さは充分にわきまえているし、総督が自分から得た情報を政治的に（まして警察上のことで）利用するなどということはないものと確信しているはずだ。

マルドゥクは総督を安心させた。かれはピラトを非常に尊敬していた。そしてピラトがその役目とはまるでそぐわない微妙な事件の渦中にあることを知っていた。ローマは、無私無欲の好奇心がその生活の大きな部分を占めている統治者をユダヤの地に派遣してきたが、これをもってしても、いかにローマがユダヤを軽んじているかは明らかだ、とすら思っていた。ピラトの報告がたとえどんなに不正確であっても、本質的にはそれほどマルドゥクを驚かせはしなかった。かれはいった。

——あなたのおっしゃる預言者は、エッセネ派の者に違いありません。エッセネ派がどういう者か御存知ですか？

総督はエッセネ派もシバ教徒もサドカイ派も知らなかった。ましてや、いま露台の片隅で睡っている孔雀が、チグリス川とユーフラテス川のほとりに住む穏和な教団から、「悪霊」として、また「現世の皇子《おうじ》」として崇められているなどとは思ってもみなかった。何人かの師からかれが特に注意されたのは、プラトンとホメーロスとを読むことであった。

マルドゥクはエッセネ派がどういう者であるかを説明した。それによれば、かれらは「正義の主」の降誕を待ち望んでおり、その「主」の治世を迎えれば、人間の心には深く決定的な変化がもたらされるものと信じているとのことであった。かれらは暴力の行使を禁じ、そして普遍的な友愛を説いている。かれらはいう、《人もし汝の右の頬をうたば、左をも向けよ》と。かれらは霊魂の不滅を信じ、そしてまず第一の掟は、神への愛のために自分の隣人を自分を愛するように愛することだと説いて廻っている、とのことである。

すっかり夜になっていた。いまや数を増した螢は、突然、夜の底に沈んだかと思うと、また浮き上がり、赤燐の舞踏を舞いはじめていた。下僕たちの手で、ヴァニラの香りを放つ松脂のトーチが持ち込まれていた。盃が乾されると、下僕たちはすぐそれを満たすのだった。

——そうなればもう主人も奴隷もいなくなります、とマルドゥクは語り続けた。これがかれらの預言していることとです。かれらの希望にしか過ぎない預言がもし実現されれば、人間と人間との関係は永久に変ってしまうでしょう。御存知のように、わたしは宗教の研究に時間を過していますす。そしてこれは真面目に申し上げるのですが、この宗教には人間の最良のものがあります。たとえすべてを信じてはいないにしても、わたしは、かれらの教団の一員となるための儀式である洗礼は求めるでしょう。総督、誓って申し上げますが、もしこの宗教が勝利を収めれば、人々は年月を閲するのに、もはやローマの建設をもってせず、「正義の主」の誕生をもってするでしょう。わたしの思いますに、これは正しいことです。何故なら、この日附は、一首都の建設などよりもはるかに影響するところの大きい事件によって、事実上、決定されることになるからです。

ピラトはまばたきもせず無礼な言葉を聞いた。葡萄酒のせいで、咎める気にもならなかった。それにこの庭園では、名誉にかけても自分がローマ権力の代表者であることを忘れなければならないし、主人にも忘れさせなければならないと思っていた。また他方、もっと若かった頃、かれはエトルリアのさまざまな思弁に興味をもったことがあったが、それは、人間個人に対するのとおなじように、都市や帝国にも終末を指定し、ローマ崩壊の正確な日を予測している思弁であった。そこでかれはついに断念し、螢の緑色の舞踏を目で追っていた。

マルドゥクもわずかに酔っていたが、それは葡萄酒のせいでもあったし、また会話の展開と、相手が落ちこんでいるようにみえる奇妙な感受の状態とのせいでもあった。かれは、貧民の間での新しい教義の伝播や、公権力の不安、不可避のさまざまな迫害、殉教者たちの勇気、いわば抗い難い流行病にやられるように、今度は逆に襲われる迫害を行った者や政治家たちのこと、そしてやがて行われるローマ皇帝の改宗、それに続く古い教義の勢力の回復、その無益な抵抗と徐々にすすむ消滅など、新しい教義の勝利にもとづいて起りうるさまざまな結果について詳しく説明しはじめた。そして話に生彩を与え、よりよく納得させるために、地下墓地のありさまを語りはじめた。すると突然、プロキュラの夢に説明がついた。夢に現われたのは、追いつめられた信徒たちの命であり、また夢が告げた魚のギリシャ語名は、おなじ言葉で《イエス・キリスト、神の子、救い主》を意味する言葉の頭文字を順序立てて一つにまとめ上げたものであった。

それからマルドゥクは、この話との比較としてブレミース人たちのことを話した。かれらはエジプトの南部で野蛮な生活をしていたが、やがてマルキアヌスの時代に協定を結び、毎年、ナイル川のフィラエ島で崇められているイシスの像を、その近づき難い岩窟に運び入れる許しを得ることになる。協定締結の数ヶ月後、壮麗に飾り立てられたイシスの像が神殿に運び込まれる。こうして新しい宗教は勝利を得ることになるが、しかしマルドゥクの説明によれば、古い仕来りは長い間変わることはなかったし、また、ある蛮族への恐怖も手伝って、当時最後の異教の祭司と呼ばれていた者たちの手で禁じられた礼拝も奇跡的に継続されることになる。しかしやがて、ヌビア人によるブレミース人の虐殺後、その島を掌中に収めたスミルナの司教は、崇拝の対象を別のものに置きかえる仕事にとりかかり、祭司たちを遠方に放逐する。祭司たちは新しく生まれた熱狂的信仰に毎日脅かされ、神殿の壁の中に難を避けるが、かれらの喜びといえば、年に二回、かれらの蓬髪の保護者たちがやって来て、祝儀の供物を陸揚げすることと、顔に墨を塗り、のこぎりの目のような鋭い歯をもった気取った戦士たちの尊い敬神の心を見ることだけであった。

マルドゥクは、自分が勝手に臆測し、もっともらしい仮説をでっち上げているような気持だった。だが、かれの精神の働きは自分で思っているほど活発ではなかった。夢をみているときとはまるで逆の事態だった。夢をみているときならば、睡っている人は、ある実在しない一冊の本の中に一つのテキストを読んでおり、そのテキストは自分が徐々に創りだしているのだと思い込んでいる。その時、夢をみている人は、偶然テキストが自分の手に入り、自分はそのテキストを調べているだけだと信じて、手にしている本のページを繰り、一行一行と辿ってゆく。マルドゥクにとっては、事態は逆であった。かれは自分の知識と知性とを同時に利用しながら、すべてのことを想像しているのだと確《かた》く信じていた。だが実際はそうではなく、すべてのことは、かれの存在にはかかわりなく、おのずと抗いようもなくかれの精神に現前していたのである。かれは演繹しているのでもなかったし、また推測しているのでも帰納しているのでもなかった。ただ、みずからそれと意識しないままに、自分の前に姿を現わした、ある不可視の巨大な光景を知覚しているにすぎなかった。

将来のすべての出来事——可能な歴史——が、ほとんど同時に姿を現わしたが、その姿の儚さとか細さとは、書いてはたちまち消し去られる文字のように、火を燈しては消えうせる螢のそこはかとない光のようであった。こういう文字がかつて書き記されたことがあったとは思われなかったし、ましてやこの文字が何か想像もできないアルファベットか、意味をもった象徴の首尾一貫した何らかの総体に対応しうるなどとは思われなかった。こうしてマルドゥクは、世界の曖昧な、徐々に消え去ってゆく歴史を読んでいたのであり、すくなくとも、この歴史の無限の可能性の一つを読んでいたのである。

マルドゥクは、王位を剝奪されて酷寒のピレネー山中に追放されたヘロデ王とヘロデヤについて語った。それは世界のもう一つの果て、「ヘラクレスの柱」に近い、ルグデュナム・コンベナルムの地であったが、やがてその地は、サン・ベルトラン・ド・コマンジュと呼ばれることになる。何故なら町や村には、新しい信仰の勝利のために尽して死んだ者や、信仰心のために名を馳せた司教たちに因んだ名前が好んでつけられることになるからである。マルドゥクは、優しい心遣いからピラトのことについては語らなかったが、ピラトもまたヴィテリウスに解任されて、ローマに召還され、やがて追放の憂き目にあい、ティベリウス帝の死後、ゴールのヴィエヌで失意のうちに自殺してはてるのだ。またマルドゥクは、サネの月の二十五日、すなわち六月十九日、エチオピヤの教会から聖列に加えられて跪拝されることになるピラトについても語らなかった。この時、「信仰告白者」ピラトは、妻プロキュラ、すなわち当地の粗野な言葉にいうアブロクラとともに、彼女はその夢のために、かれはその無益な躊躇と無益な努力とのために、そしてまた「贖い主」の無実を確認したがために、暦と聖人伝抄の中に姿を現わすことになる。さらに後になると、ゴールあるいはカレドニア生まれの厳格な一人の聖職者は、こうしたピラトの名誉回復はもってのほかのこととみなすことになるだろう。

マルドゥクは、新任の牧師を悩ますことになるさまざまな問題を好んで説明して聞かせた。さまざまな邪説、宗教会議、教会分離などを数え上げ、世上権の競いや、再び皇帝の称号を獲得することになる国王と教皇との抗争について語り、別の宗教の誕生とその圧倒的な飛躍、ポアチェの戦い、レバントの戦い、そしてまたたく間にキエフに、グラコビアに、ダニューブ川のウィーンに迫る蒙古の馬などについて語った。かれはこういう危険な未来をやすやすと、また好んで想像しては可能なかぎりの固有名詞を披瀝してみせたが、それというのも、苦心惨憺してでっち上げた、すこしも本当らしくはみえないものでも、それを祖先の姓、日付、正確な場所、数字、土地台帳と暦の照合などで保証すれば、簡単に信用されてしまうものだ、ということに気づいていたからである。マルドゥクは多くの言葉を操り、また音声学や言語学の法則についてはかなりの疑念を抱いていたが、そういうかれにとっても、かれの考えだした名前は、どんなにその調和音が途方のないものであっても、充分ほんとうのもののように見えた。かれは、まだ生まれていない言葉の音節を苦心して発音しているような振りをしていたが、発音してみると、それらの言葉が、いわば前もって作られていて、自由に利用できる状態にあったことを知っていささか驚くのだった。

断続するエメラルド色の閃光が忙しく回転し続けていた。そしていまマルドゥクは、いまだかつてなかった霊感の喚起するままに、芸術作品の傑作について語るのだった。ランスとシャルトルのポーチ、アイルランドの彩色挿絵とコプトの刺繍、ソロモンと女王シバの出会いを描いたエチオピヤの淫売宿の絵、そしてその他、いかにも見事なもので、数え上げることも口で説明することも断念しなければならぬ多くの優れた傑作であった。かれは新世界の発見と新世界征服の紆余曲折とを想像し、また故意に火を放たれた船々、悲しき「夜」の樹、マランチの恋、コルテスの勝利などを想像した（あるいは想像しているものと思った。）そして脳裡に現前している富の中から可能なかぎりのものを引き出したいという気持から、芸術のさまざまな傑作と歴史の有為転変とを雑然と混同してしまうのだった。かれは一挙に想像をめぐらし、そして突然、重大な事実や大切なエピソードを挙げるのを忘れていたことに気づいたが、こういう点にもまた混乱の原因があった。その上、その最初の思いつきは、奇怪なもの、途方もないものをかれに選ばせてしまうのだった。

かれはビザンチンの運命を予告し、その左右対称の石目が淫婦や悪魔を描きだしている聖ソフィア寺院の大理石について語るのだった。そして、十字軍のコンスタンチノープル（ビザンチンは名前を変えることになる）入城を想い起し、次いでトルコ人のコンスタンチノープルの占領を想い起し、それから再び絵画に話を戻して、一挙に数世紀を飛び越え、コンスタンチノープル入城の十字軍を画いた画家ドラクロアの絵を想い起し、次いでこの絵を褒めたたえた詩人ボードレールの文章、さらにはボードレールの文章を褒めたたえる批評家たちの論文を想い起すのだった。こうしてかれは、時間の透明な厚みの中に、あれこれと一連のつながりの後を追っていたが、かれにとってそれは一種の酔のようなものであった。

マルドゥクは、こうしたことのすべてがその最も些細な細部にいたるまでどのように関連しているか、またさまざまな事件の無限の多様性が、いかにしてある見えざる原因の中に、すなわち、決定的な選択の岐路に立たされたときいずれの道を選ぶべきかの選択の中に、暗黙裡に含まれ得るかを示したいと思っていた。しかし、どのような岐路が決定的であるか、だれにあらかじめ知ることができようか？　ピラトよ、心してもらいたい！　一人の投げやりの、または怠惰な盲《めしい》た役者によって、人類全体の運命が永遠に方向づけられてしまう、あの秘められた十字路の一つにやがて出会うことになるのは、おそらくはピラトその人なのだ。マルドゥクは、より充分な証拠固めとして、プロキュラの夢についてさまざまな学術論文を書くであろう神学者たちの名前を考えだし（あるいは考えだしているものと思った）、これらの論文の千篇一律の表題、その出版された日付と都市とについて詳しく語った。一七〇四年、イエナで出版されるゴッテルの論文、一七二〇年、ハーグで出版されるジョン・ダニエル・クルッグの論文、一七三五年、オルデンブルグで出版されるハーバートの論文、いずれも来るべき世紀の日付をもった論文である。のみならず、かれはフランスの作家のものと思われる一つの名前をみつけだしたが、このフランスの作家は、ほぼ二千年後、いまここで交わされている会話を再びでっち上げて、おそらくは自分で想像したものと自惚れながら、「新フランス評論」社から出版するであろうといった。

ピラトは、摑みどころのない信号を解読するためででもあるかのように、いたずらっぽく飛び交う螢の微光を目で追いながら、盃を重ね、マルドゥクの話に聞き入っていた。楽しくもあれば、また有難くもあった。別の状況だったら馬鹿げたものにみえたかも知れぬこの遊びに、かれは思いもかけぬ喜びをもって身を委ねていた。敏捷な精神が、預言しているのだと自惚れず、自由な、それでいて理路整然とした推論への嗜好をもって、つまり認識者の快楽をもって、世界の全歴史に仮説を立てるのを聞いているのは楽しいことだった。さまざまな気苦労を忘れるために、今宵マルドゥクを訪ねてみようと思い立ったことに、ピラトは満足だった。夕の楽しみは、期待以上のものであった。狂信者や魔術師どもにかれはすっかり腹を立てていたが、訪ねた家の主人が、幻視家ともいわずに幻視家として振舞い、王、哲学者、河川、果物の名前など、一度口にだせば自然なものと思われる、自分の蒐集《しゅうしゅう》になる詳細な事実を、作り話とおなじほど数多く提供してくれたことに感謝していた。マルドゥクは、詩人が叙事詩を創るように、全体により以上の一貫性を与えるために新しいエピソードを持ち込み、古いエピソードに話を戻しながら、未来の歴史を創りだしているようにみえた。芸術家のもつこうした巧妙さ、専門家のこうした計算によって、微妙な破格も柔軟で細心の検討をうけるのだった。このような技巧の冴えは、官吏の無聊を慰めるにはうってつけのものであった！

同時にピラトは、緑色の昆虫から目を離さなかった。昆虫は突然姿を現わしたかと思うと、垂直に舞い上がり、そして忽然と姿を消してしまうのだった。光を消して落下するとみえるや、ほとんど地面すれすれのところで、再び光かがやく姿を現わすのだった。まるで地面から、後から後から絶えまなく湧きでてくるかのようであった。だが、闇の中を飛びまわりながら、火のともったエメラルド色の飛跡を描きだしているのは、いつもおなじ昆虫であった。目にみえない二つの境のあいだで、光の線が急激に落下すると、その後を追う線が現われ、線と線はごちゃごちゃに交り合い、空転する。それは自然の優しさと豊かさとのイメージであり、マルドゥクの談話のイメージであり、精神にとっては、生きた火花の花束であり慰めであった。ピラトは信頼しきって、螢が巧みに身を翻すさまとカルディア人の並はずれた推論という相似た二つの眩暈に身を委ねていた。

マルドゥクは思わぬ廻り道から、この日の会談の出発点であった、あの驚くべき信仰に話を戻し、スラブの一人の作家と、その行動によってついにインド諸国に独立をもたらすことになるガンジス川河畔の一人の裸行者との出会いを物語るのだった。かつてアレクサンドロスはこの地にマケドニアの支配の基礎を築こうとして失敗したが、インド諸国は、長い隷属の後に、この苦行者の指導による非暴力を原則とした運動の結果、再びその自由を取り戻すことになる。従って、馬鹿げたほど子供じみたものにみえるかも知れないエッセネ派の教義にも、おそらく政治上の有効性がないとはいえないのだ。確かに、この断乎たる無抵抗の敵対している権力は、その当然の権利にさえ疑いの目をむけている臆病で、小心翼々とした権力でなければなるまい。だが、これこそすでに、ピラトが行使し、そしてその残酷で組織的な行使に嫌悪を抱いている権力の場合ではないか？　そうでなければ、どうしてピラトは、祭司たちや群衆の要求通りに、ガリラヤ人を十字架につけるのを躊躇うのか？　それとも総督は別の観点から、預言者の影響力を保障するためには殉教という後光が時には必要であると考えたのか？　マルドゥクはこういう見地から、ユダのピラトへの不可解な嘆願を解釈していた。この悪魔に憑かれた男は、その「主」の説く愛と犠牲の教義に熱烈に帰依していたからこそ、その信仰の勝利の礎のためには、みずからメシアと信ずる者を自分の手で殺害してしまってもよいとすら思ったのだ。この態度に論理は欠けてはいない。ただ、ほとんどいつでも不満あるいは復讐、利害あるいは錯乱といったことが問題になる殺害では不充分なだけなのだ。

　こういう殺害よりは、裁判所の命令にもとづく処刑のほうが望ましいし、専任司法官の決定により現行法規にもとづいて下された、法にのっとった刑罰のほうがずっと望ましい。そうなれば、暴力を行使したのは官憲ということになり、不正は明白になり、そして原因結果の関連は、とどまることを知らぬ間断ない動揺にさらされることになる。いずれにしろメシアの犠牲死は、たとえばソクラテスのように、滅び去るべき一つの都市の掟に従うために死を選んだ賢者の死と比較しても、やはり事故死のような印象を与えるわけにはいかない。問題は、神の愛と政治の秩序という別の種類の非両立性をはっきり感じ取らせるようにすることなのだ。だからこそ、マルドゥクはすべてを慎重に吟味しながら、明日、総督があの狂人の忠告に従うだけの甲斐があるのかどうか自問しているのだ。考えてみれば、この狂人は頭脳明晰な、人を納得させる力をもった弟子である。この男の忠告に従えば、ピラトは、無実な者の血の代価を支払ってではあるが、ただ成り行きまかせにすることによって新しい時代を到来させることに一役買うことになるだろう。譲歩するだけの甲斐はある。そして結局、あの自称「贖い主」は、その身を十字架刑の危険にさらしたことではなく、逆に放免の危険にさらしたことで、とてつもなく大きな危険を犯していたことになるのだ。

ピラトは立ち上がった。蒼ざめていた。かれもマルドゥクも酔ってはいなかったが、突然、二人ともその無頓着さを失い、葡萄酒と思考の自由な戯れとによってまずもたらされるあの心地よい幸福感を失っていた。螢のメリーゴーランドも終っていた。夜の冷気を感じ取ったかのように、総督は身震いした。緑色の舞踏のかわりに、水差しと手桶と白い布とを実際に見たと思った。

——わたしは思うのだが、とかれはいった、ソクラテスにしろルクレティウスにしろ、固有の権利を確立するために、不正と一人の人間の卑怯な振舞いとを必要とするような宗教など認めはしなかっただろう。

この言葉にマルドゥクは狼狽したが、かれは、すくなくともこういう問題については無関心で無頓着だと思っていた男が、自分の話のどんなところに自尊心を傷つけられたのかわからなかった。

ピラトが駕籠に戻る間——というのも、マルドゥクにはつねに相手をいい負かしたがるという弱点があったからだが——かれは答えた。

——それは、ソクラテスにもルクレティウスにもあなたにも、宗教的魂がないということにすぎません。おっしゃる通り、ソクラテスもルクレティウスも内心いかなる宗教も認めてはいませんでした。


総督が立ち去った後、マルドゥクは物思いに沈んでいた。うっかり忘れていたさまざまなイメージや無視していた名前が、まだかれの心を駆り立てていた。岩石だらけの山の悪路を、襤褸をまとった人間の長い縦隊がひっきりなしに続いているのが見える。かれらは一塊りの集団を作り、大きな間隔を置いて歩いていた。腕と肘と肩を取り合い、絶えずよろめいていた。なかの一人が倒れると、最後の集団が手を貸して起き上がらせるのだが、それもしばしば無駄であった。ときにはまた、突然一人取り残され、空しく手を虚空にさまよわせている落伍者を無理矢理集団の中に連れてくるのだった。それは一万五千人のブルガリヤの囚人たちであった。ツァー・サムエルのもとに送還されるのに先き立ち、称讃者からは「使徒にかなう者」と呼ばれている皇帝バシリウス二世の命令によって、目をくり抜かれた者たちであった。百人ずつの集団の中で一人の片目の男が、他の九十九人の盲人たちを導いていくのだった。やがてかれらは遠い都に到着する。そしてもはやすでに一万五千人ではなくなっているこの恐ろしい一万五千人の行列は、サムエルの前を隊を組んで進むが、その時サムエルは恐怖の余り気を失い、二日後には狂い死にするだろう。

マルドゥクはさらに別の恐ろしい光景をつぶさに想い描きたくなる気持を抑えたが、それでもその不吉なイメージはかれにつきまとって離れなかった。やがて行われるであろう虐殺や死骸の山の光景が大挙して目の前に押し寄せてきたが、かれはきっぱりとそれをしりぞけ、まるで悪夢を振り払うかのように肩をすくめた。かれはいま疑いにとらえられていた。ピラトに教理を説いて聞かせながら、ついさきほど、人間の心を教化する宗教の力をあまりに買いかぶりすぎていたのではなかったか？　やがてかれはわれにかえった。もし、「全能」と同時にまた「全愛」でもあるものへの信仰によらないとすれば、人間をしてその固有の自然性の克服に向けさせることのできる手段が他にあるだろうか？　なるほどマルドゥクは、ルクレティウスの智慧を、そしてそれ以上にソクラテスの智慧を尊敬していた。だが、世界を変革するために智慧に頼るのは賢明なことなのだろうか？　本質的に合理的なものである智慧は、このカルディア人には充分強烈で、充分に感染力のあるものにはみえなかった。それにひきかえ、信仰はたとえどんなに危険なものではあっても……

マルドゥクはぷつりと言葉を切った。自分は何かに熱中するよりは明晰を好む人間であるとわきまえていたが、そのかれが勝手気ままにしゃべっていたのだ。何故かれの洞察力は、熱狂的信仰を、そして盲動とも知れぬものを洞察力以上に豊かなものとみなさなければならなかったのか？

第六章

ピラト

ピラトは肩を落とし途方に暮れていた。ほとんどみえ透いたマルドゥクの忠告に当惑し、なかば夢みながら聞いていたにすぎない推論の結論に呆気にとられていた。マルドゥクの忠告は——その着想はまったく異なってはいたが——それでもメネニウスの政治的示唆と完全に一致していたし、正気の沙汰とは思えぬユダの烈しい弾劾とも完全に一致していた。しかし、皮肉な解決策をやたらと推奨してみせるのはメネニウスの役目というものであったし、またユダの弾劾の場合、健全な常識をそなえた人間が一人の狂人の譫言に心をとり乱すなどということはまず考えられぬことであった。これとは逆に、マルドゥクの思慮に富んだ意見は、ピラトのつねに重んじているものであった。

この世界の果ての地では、ピラトにとってほとんどすべてのものがよそよそしく、また住民の精神もかれの精神にほとんどそぐわなかったが、そんななかでマルドゥクは好んで語り合えるただ一人の人間であり、知識もあれば頼りにもなるたった一人の話し相手のように思われた。マルドゥクはピラトよりも若かったが、ピラトはかれを自分よりも年上の者と考え、経験も知識も豊かな、俊敏で見通しのきく考えをもった一人の師とみなしていた。いわばマルドゥクは、自分でも知らぬ間に、ピラトの外に表われた意識のようなものになっていたのだ。そのマルドゥクがいま不自然な策謀をめぐらして政治家や狂人と結託し、あるいは結託しているような素振りをみせ、小商人《こあきんど》の姑息な手段ととどまるところを知らぬ熱狂ぶりとを支持しているようなのだ。それればかりか、途方もない即興演説をしながら、自分の才能の広さ、教養の卓越性、一つひとつの逆説に明証性の威信を与えるあの独創性、要するにピラトがときとしてかれの天才と呼びたくなるようなものを、これをかぎりと披瀝してみせた後で、政治家や狂人の立場を正しいものとしたのである。

おそらくマルドゥクはピラトを試し、唆してみたかったのだ。ピラトは、自分こそ真理の道を歩いているのだと直観した。カルディア人が自分の裡に何を試そうとしたのか突きとめてみなければならなかったが、それが名誉を重んずる感情でもなければ正義に対する畏敬でもないことは、ピラトにも確信があった。メネニウスの計略は、一瞬たりともマルドゥクの関心をそそらなかった。それにひきかえマルドゥクは、あのべらべらしゃべりまくるユダヤ人の言動に理解の手がかりを与えてくれる理由を躊躇うことなく明らかにしてみせた。ユダヤ人の言動を充分正当なものとすら認めたのだ。いまピラトは知った。マルドゥクがかれを挑発したのは、人間が手探りと過誤の数世紀を経た後にやっと確定することはできたとはいえ、力強いくたの本能と生そのものの活力に対してはおそらくその完全な勝利を確立することはできないであろう節度と理性と公正の法則、こういう法則とは別のものへの希求や要求を理解しあるいは納得し、是認しあるいは感じ取ることのできるものがかれの裡にあるかどうかを見極めるためであったのだ。

節度への欲求に活力を与えるためには節度を越えたものの力が必要であり、理性そのものの支配を不動のものにするには、理性には何かしら狂気めいたものが不可欠であり、そして普遍的不正の原始的暴力こそ、不安定で曖昧な公正の不確実な到来をすみやかに可能にする唯一の活力の貯蔵所を手中に収めることになるだろう。こういったことをマルドゥクはそれとなくかれに理解させたかったのである。

ピラトは安堵し、同時に失望した。まったく人間的な秩序に関りあうことこそ、かれの誇りとしていることであった。神々を崇拝することはかれの得手ではなかったし、動物であれ超自然的なものであれ暗い力に対しては、信仰も軽信も、またいかなる敬意も迷信も抱いてはいなかった。かれの考えによれば、人間の救済はただ人間の中にしかありえなかった。だから、かれとおなじように神々の存在など信じていないマルドゥクが、あたかも神々が存在するかのように振舞うように奨めたことが釈然としなかったのである。たしかにマルドゥクは神々の存在を信じてはいなかったが、しかし逆に、人間をして飽きもせず神々を想像させるようにしむけるものの存在は信じていたことをピラトは見落していたのだ。ここに二人の相違があった。

いずれにしろ、総督の抱いていた形而上学的先入観は何の役にもたたなかった。明日になれば、かれはまたおなじ難しい決定を下さなければならない場に立たされるだろう。ピラトはかれのような身分のローマ人の例にもれず、法律を修め、習慣に従って栄職についたが、出世ははかばかしくなかった。ギリシャ哲学への好みから、賢者にはほとんどそぐわぬようにみえる職業を軽蔑していたのだ。世間から遠ざかって人格の完成の理想を追うことがかれの夢であったが、そうかといって職を辞する勇気もなかった。ただ生活の習慣からその職にとどまっていた。職にとどまっているかぎり、物質的利益は馬鹿にならなかったし、また役職がら自分には多くの人間に対する半ば自由裁量の権利が与えられていると、ときにはいって聞かせることのできる虚栄心にもこと欠かなかった。

かれは想像力のストイシズムを実行していた。かれが何よりも高く評価していたのは、精神の強靱さとけっして物に動じないことであった。世界の崩壊を前にしてもすこしも動ぜず、どんなに不安な状況に置かれても、誘惑にも威嚇《おどし》にも屈せぬ確固不動の平静さ――成功を見ても動揺せず、またどんな破局を迎えてもたじろぐことのない平静さを保ちうる見物人、これこそかれが好んで想像する自分の姿であった。だが当然のことながら、これは見当違いであった。かれはその職務に伴うさまざまな責任への目にみえぬ無関心から、良心的ではあるが凡庸な官吏になっていた。かれの年齢で、ローマ帝国の辺境の地で一介の総督にとどまっているのはあまり華々しいことではなかった。それも、三八七年、ローマがゴール人に包囲された時、テベレ川を筏で下り包囲されたローマ人にカミルスの勝利を伝えてその士気を鼓舞したポンティウス・コミニウスの血を引く者にとってはなおさらのことであった。だがピラトは、自分がポンティウス・コミニウスの血を引く者であることも、ポンティウス・テレシニウス、あるいはルシウス・ポンティウス・アキラと姻戚関係にあることもすこしも鼻にかけてはいなかった。ポンティウス・テレシニウスは、スラに首を取られた者であり、スラの手の者がその首を槍の穂先につけてプレネストの城壁の周囲を持ち歩き、マリウスの兵卒たちを震え上がらせたのであった。またルシウス・ポンティウス・アキラは、三月十五日、カエサルを刺殺した陰謀者の一人であった。

ピラトは自分が一向にうだつの上がらぬのを苦にしてはいなかった。遠方の任地に、かれは人からも忘れられてひっそりと生きていた。野望とてもなかったが、ユダヤ人たちが耐えがたかったから、できれば別の地方へ派遣されることを望んでいたかも知れない。この地への赴任に際しては別にユダヤ人に悪意は抱いていなかったし、政策上、また自分の気の弱さからかれらに対しては好意的であった。だが間もなく、ユダヤ人の宗教的不寛容はかれをすげなくはねのけた。信仰というものはどんな奇妙なものでもすべて可能であり、またある意味では、当然のものであって、いまだに野蛮状態の暗黒の中にいる人類にとっては当然ついて廻る宿命である。だがそこにはおのずから限度がある。狂信者たちが愚かしさのゆえに他人の徳を認めぬとすれば、愚かしさには不寛容である権利はない。ピラトは大祭司やほとんどすべてのパリサイ人たちを人間的で合理的であると思われる見地から改宗させようとしたが、その都度怒りと憎しみとを買った。それはかれらを説得しようとする代りに、ただ命令することにのみ甘んじているときに買う怒りや憎しみ以上のものであった。そこで、かれは自分の仕掛けた罠に落ち入り、かれらに議論を提案してかえって自分の有利な立場を初めから放棄してしまったのだという事実に引きずられて、実に頻繁に譲歩してきたが、その苦い思いだけが残り、かれの内部で毒をそそがれた澱のように沈殿しているのだった。ときにはまたこれとは逆に、断乎たる態度を執ろうとしたこともあったが、それによってかれの得たものは残酷という評判だけであった。

着任後間もなく、かれは軍旗を翻した軍団の兵卒たちをエルサレムに入城させた。軍旗には、鷲の下に皇帝の像が描かれていた。この人間の姿を描いた像は、ユダヤ人からみれば神を冒瀆するものであったが、当時いまだにかれらの信仰心を重んじていたローマ人たちは、城門に軍旗を置いて入城するのが習わしであった。翌日、住民の代表はカエサリアに赴き、肖像を撤去するように求めた。かれらの懇願は一週間にわたった。ついにピラトは自宅に退去するように命じた。かれらがこの命令を拒否すると、殺すといって威嚇した。軍団の兵卒たちは剣を手にした。ユダヤ人たちは信仰のためには死ぬ覚悟であると叫んだ。この有様に心を動かしたピラトは譲歩し、軍旗の撤去に同意したのであった。

また別の場合、ピラトは水道建設のために神殿の金貨を使った。かれがエルサレムに上ってきた時、ユダヤ人たちはかれの住居を襲った。総督は兵卒たちを差し向けた。数人の死者と多数の負傷者とが出た。にもかかわらず、ピラトはこの水道建設の工事をやり遂げた。公共の繁栄のために、無駄に捨て置かれる運命にある宝を使わずにおくのは、かれにはいかにも馬鹿げたことに思われたのである。

次いで、ついこの間の楯事件が起った。ユダヤ人たちはヴィテリウスに訴え出、ピラトはティベリウスからひどく屈辱的な非難をうけた。

いずれの事件の場合にも、ピラトは最善に振舞おうとした。そしていずれの場合も、その弱気と、また気の弱い人間の裡に時折、突然に姿をみせては活力の代りとなる残酷さとは、かれに不幸な結果をもたらした。そのためかれは自分を軽蔑するようになった。役目がら人々に遵守させている権力への敬意よりは自分の信奉する哲学の名において、かれは自分を恥じた。譲歩するたびごとに、敗北を喫したのはローマではなく自分の魂であると思わぬわけにはいかなかった。譲歩を重ねるたびに、かれは逆説的に固執していた道理にかなった断乎たる態度の理想から、ますます遠ざかっていった。時には世間を憤激させては、突然、自分の決定を押しつけるのであった。そうしたからといって、かれには自分のためになる利益は何ひとつ得られなかったし、またかれ自身も、そういう勝利が得られたとすれば、それは自分の力によるのではなく、軍団の兵卒たちの与える恐怖と皇帝の威光によるものであると思っていた。別の人間だったら、こうしたことも当然のことと思ったかも知れない。だがピラトには屈辱的なことであった。肉体の快楽を感じとることも稀になり、またそういう感覚もにぶくなったこの五十男には、生命の力の消え去ってゆくのを感じ取っている者にとって大きな慰めとなる、あの自分を買いかぶるという機会もますます少なくなってゆくのだった。

時々ピラトは、自分は陰険で仮借ない宿命の犠牲者であると想像してみることがあった。かれは常日頃の行動に断乎とした一定の方針を欠いていたが、これがかれの断念の中でも些細な断念の原因となり、また当然のことながら最もありふれた取るに足りぬことに、どうにもならない重さと不動性とを与えているのだった。十字路に出会うたびごとに選び取られた弱気は、第二の天性となっていた。そして総督は、恐ろしい袋小路に閉じ込められた自分には、もうどんなくだらない障害にも立ち向う力がなくなるような瞬間がいまやって来つつあるのに気づいていた。拒否を宣言する理由には、最初の差し迫った必要性などとうの昔になくなっていたから、どんなにわずかな抵抗さえ自分にはできないものと諦めていた。古い岩の台石が柔かな土地の下に隠れているように、徐々に勇気を解体してゆく成り行きまかせの態度とは別に、加担する力がすべての人間の場合とおなじように、自分の内部にも密かに保たれていることをかれは忘れていた。偶然の重なり合いから――もっともこれはすぐ偶然ではなくなったが――ピラトは優柔不断の小心な男になっていた。だがもう一つの運命、地下にあって記憶も絶するほど古い祖父伝来の運命、途方もなくかず多い幸運な偶然、困難な選択、英雄的な拒絶などから織り上げられたもう一つの運命にもそれ相当の重みと不動性とがあり、それらは、おのれ自身の無気力に恥辱を感じていたローマ総督の内部で、秘かな悔恨をはぐくんでいた。厳格で明晰な思想家たちの弟子であった総督は、当然自分の妥協の一つひとつに苦しみ、またそれを忘れもしなかった。こうしていま、かれの記憶の中に、その心の中に情熱の灯がかすかに点っていたが、その灯は明日になれば急に燃えだすかも知れなかった。

さし当り、ピラトはカエサルのものはカエサルに返すことにしていた。そんなものは自分にとって役立つはずはないと思っていた。かれはさまざまな規則あるいは政治的慎重さを楯に、できうるかぎり世界をその軌道のままに歩ませることにし、総督たる者に関係のないものにはかかわらず、自分よりも熱心な総督なら好んで関心を示すかも知れぬようなことには、しばしば嫌悪の情を示すのだった。そんなことをするよりは、知性よりもむしろ夢想をはぐくみ育てる抽象的な問題を検討するほうが、かれにはずっと好ましかった。よくあることだが、かれの性格の弱さはその理解力にまで及んでいた。つまり、単純で断乎たる解決の必要とされる問題よりも、無益な駆引きや錯綜した煩瑣な議論のほうに、かれはより一層の喜びを感じていたのである。

今度の場合、ピラトの進退は谷《きわ》まっていた。のらりくらりと身をかわすことはできなかった。明日になれば、イエスを殺されるままに放置するか、それともその命を救うために自分の身の安泰と職業とを犠牲にしなければならないだろうし、多くのいざこざに身をさらし、侮辱を冷酷に感じ取るかも知れぬ祭司たちや、馬鹿げてもいれば危険でもある決定を下したことをかならずや非難するに違いない部下や地方長官、すなわちユダヤ人やローマ人のすべてを敵に廻さなければならないだろう。いつものように、かれは恣しいままに空想をめぐらして、自分がある種の英雄になり、すべての者の反対を押し切り、アンナスやカヤパの圧力にも、ユダの懇願にも、メネニウスの忠告にも、マルドゥクの煽動にも屈せず、神をないがしろにする男の身を保護したことをおそらくは大目にみてくれない狂信者どもの剣の下に、自分が雄々しくも身を晒している姿をもう想い描いているのだった。

この姿はかれの気持を昂ぶらせたが、しかしまたいつものように、すこしも励ましにはならなかった。それどころか、この夢想上のヒロイズムは、かれの気を紛らわすこともなく、自分という人間はいつも人のいうなりになり、最も安易なことを選ぶ者だという信念をますます強くさせるのだった。かれは手を汚さずにいる人間であることに飽き飽きしていた。だからこそ、つい先ほど、カルディア人の示唆にあれほど激しい反応を示したのだ。

実をいえば、マルドゥクがかれに示唆したのはまったく別のことであった。それは、ピラトの哀れな人格など及びもつかぬ大義のために、かれの威厳も正義感も高い矜持も喜んで犠牲に供すべきであるということであった。ただ、ピラトの方では、預言者を引き渡すのは苦しみ抜いた上で決定した犠牲でも、何ものにも拘束されずに同意した犠牲でもなく、何の価値もない安易なことであり、断念を重ねた末の断念であることを知り抜いていたのである。

第七章

不眠

睡りにつく前、ピラトは問題をもう一度冷静に客観的に検討し、自分一個にかかわる問題は考慮の外に置くことにした。結局のところ、預言者の処刑の執行が最上の解決策であることが明らかになったとすれば、処刑の執行がかれにとって最も安易でまた最も努力を要しないものであるということを口実に、それを斥けてもよいということにはならない。

政府の御用商人が自分の納入する品々に便宜をはかってもらうために、責任ある役人にまとまった金を握らせたとすれば、確かに役人は買収されたといって咎められるが、しかしだからといってその取引が国庫にとって最大の利益にならないというわけではない。別の要素のほうがはるかに重大なのだ。

いまやピラトには、イエスを釈放することで自分の経歴の上にもたらされる危険について大袈裟に考えすぎているように思われるのだった。いずれにしてみても、ユダヤ人には不平をいう機会はありあまるほどあるし、ヴィテリウスが自分の部下の統治について不利な報告を送る機会も充分にあった。しかし他方、問題の事件は微々たるものであり、ピラトが自分流に説明すれば納得してもらえるだろう。ピラトはカヤパがシリヤ地方長官に訴え出ることを想定して、その議論に対しあらかじめ答えをだしておくのだった。最も恐るべき非難は、神の啓示を受けた男がユダヤ人の王と名乗っていることを黙認していることだろうが、しかしその非難は、ピラトが男を滑稽な王様に仕立て上げてしまった以上、もはや充分根拠のあるものではない。なるほど、あのガリラヤ人の口にしているいくつかの道徳基準は、倫理にとって、また公共の秩序やあらゆる種類の統治にとって危険なものとみなされるかも知れない。だがピラトは、これよりも明らかに破壊的な教えを垂れている多くの哲学者を知っている。一人だけその名を挙げるとすれば、たとえばディオゲネスである。

報告によれば、この問題について、カヤパは商人たちが神殿から追い払われた話と、不義を働いた女が許された話とを重大視しているとのことであった。こういう態度はたしかに遺憾なものだが、しかし一方の話は商売の邪魔をしようというのではないし、他方の話も貞淑な妻の操を危うくするというようなものでもない。その上、ピラトの考えによれば、商人たちの取引の場所が礼拝の行われる場所にあってはならなかったし、またかつては自分も、ローマ婦人を一人ならず許してやったことがあるのを覚えている。その善良さを考えれば、彼女たちに石が投げつけられるのを見るのは腹立たしいことだっただろう。そんなことよりも、メシアの教義によって兵役の義務が拒否されるかも知れないことの方がはるかに重大であった。だが、いったいだれがユダヤ人やその他の征服された民に兵役を要求するだろうか？　そんなことは、この上なく軽率なことだし、ときにはまさに自殺行為というものだろう。さらに、ローマ人が大挙して新しい教義に改宗するという場合が考えられる。しかしマルドゥクが語ったふざけた作り話にもかかわらず、この仮定はありそうにもないことだ。いずれにしてみても、ピラトにはこんな遠い先の不幸なぞ予想することはできなかったし、またその性格からしても予想してみる気にもなれなかった。いまは危険がはっきりしてくるかどうかを見きわめる時だ。そうだ、すくなくとも政治にかかわることについては、ローマからの不測の説明要求に対して、かれには答えるべきことが用意されていたのである。

一方、預言者を釈放すれば、暴動のきっかけになることは目にみえている。だがかれには暴動を鎮圧するだけの充分な軍隊がある。騒乱が広がり長引くとは万が一にも考えられない。アンナスやカヤパとの仲違いも、すぐに穏やかなものになり、そして、おたがいの敵意も四角ばった慇懃《いんぎん》さに辛うじて包み隠していた以前のように事態は続いてゆくことになるだろう。

従って、総督が無実の男をかばっても大きな危険を犯すようなことにはなるまい。

しかしそれにもかかわらず、メシアを釈放することは一つの冒険であった。不安がまたピラトをとらえて放さなかった。もしかれの判断が間違っていたらどうするのか？　群衆が略奪をはじめ、火を放ちはじめたらどうするのか？（東洋の群衆は、一時に激昂する。）もしも軍団の兵卒たちが包囲されたらどうするのか？……メネニウスのいったことは正しかった。大規模な反乱に対抗するには、軍団の実働兵員では充分ではない。ピラトの脳裡にはすでに、ユダヤを放棄せざるを得なくなったローマ人たちの姿が浮かんでくる。こんな危険を犯す権利がかれにはあるのだろうか？

これに反して、イエスを磔刑に処するのはまったく安全であった。だがそれは犯罪である。いったい国家の仕事に携わる人間で、公共の福祉のために罪を犯さず、また罪を犯すにいたらなかった人間とはどんな人間なのだろうか？

これほどどうにもならぬ遅疑逡巡に足止めされなければならないとすれば、統治というものはすべて不可能であろう。権力を行使する者が手を汚さないわけにはいかないことはだれもが知っている。

穢れのない手！　幸運にも、かれは群衆の前で手を洗うという方策を得た。かれの手が義人の血で汚されなかったことをだれもが知るだろう。かれはメネニウスの推奨による奸智にたけた演出を想い起したが、もう身震いすることもなかった。壇上に立って囚人の無実を宣告し、死刑執行人たちに囚人の身柄を委ねると、司令官が歩み寄り、手桶の上に差しだされたかれの手に水を注ぎかけるその光景が目に浮かんだ。やがてかれは、ゆっくりと念入りに、儀式ばった、懇願するような仕草で手を拭うことだろう。そうすればどんなに鈍感な者にも、ローマは（そしてかれピラトその人も）これから行われようとしている残酷な行為には何のかかわりもなかったことを理解せざるを得まい。メネニウスが予測していたように、この儀式は民衆の想像力を掻き立てることになるだろう。ローマとは秩序であり正義である。憎悪と狂信と野蛮とが、この日、どちらの側にあったかを、すべての者ははっきりと見届けるだろうし、またこのことをいつまでも覚えていることができるだろう。

気が鎮まると、ピラトはすぐ睡りにつこうとして寝返りをうった。だが睡りの来る前、無視しようとしていた解決策の偽善ぶりが、突然かれには耐えがたいものに思われたのである。かれはこれが犯罪であると認めながら、いやそればかりか、自分でもそう確信し他人にもそう認めさせながら、犯罪人たちを思うままに振舞わせていたのだ。

処刑を宣告された男は自分には無実に思われる、また死刑に価しないようにみえるとかれが強調したとすれば、おそらくそれは善意からしたことであった。かれの芝居がかった振舞いも、ただ責任の帰趨をはっきりさせるためにのみ行われることだ。だがしかし、謀殺を阻止できる立場にあるかれが、殺害者たちに《わたしがあなた方の行為を是認していないということが明瞭でさえあれば、思い通りにやるがいい》といって、故意に謀殺を唆したとすれば、そのかれの責任はどういうことになるのか？

肩をすくめ苦々しげに目をそむけるだけで、ほんとうに充分なのだろうか？　結局のところ、暗殺者どもはそれ以上のことを要求しているわけではない。その上、秩序の代表者たちがかれの事例を楯にとって、自分たちの利益になる場合にはどんなときでも、情実に動かされず局外者の立場にいなければならぬと考え、不偏不党の見物人は、こうして最良の条件のもとで、どこに美徳がありどこに不正があるかを示すことができるということを口実にする危険があった。

ピラトは絶えずおなじ障害に突きあたったが、それは単純だからといって無視するわけにはゆかなかった。すなわち一方には国家的理由があり、そして一方には、たとえピラトが権力の行使を回避して、それをうわべだけの理由で正当化したとしても、あの無実の男を殺されるままに放置したとすれば、個人的にもまた内面的にも罪があるという明白な事実があった。そこで一度きっぱりとガリラヤ人を救おうと決心すると、もう二度と再びこの問題は考えないことにした。この問題はこれで解決ずみのものと思い、これ以上討議することはないし、それにこれで疚しく思うこともなくなったのだから、やっと睡りにつくことができると信じ込んでいたのである。

だが一瞬後、かれはまた苦悩しはじめていた。密告者の馬鹿げた論理とカルディア人の解釈とが、いまかれの記憶に襲いかかってくるのだった。かれは自分がメシアによってその来臨が予告された神の密かな、そして不可欠の手先であると想像するのだった。睡れぬままに、熱にうかされたかのように慌しく、さまざまな宗派の馬鹿げた迷信や哲学者たちの目も眩むような逆説を是認してはそれを過大に評価するのだった。もはやかれの推論は半ば機械的であった。預言者の死に対するかれの同意は、聖なるもの、不可欠のものとなり、彼処《かしこ》にあってかれの邪《よこしま》の勇気を見込んでおられた至高の神の御意志によって、はるか以前から決定ずみのものとなっていた。彼のエゴイズムによって許された神の屈辱的な死は、人類に救済をもたらすのだ。

いや、たんに人類だけにではない。神は地上に住む者たちだけに罪の贖いの恩恵を限ることはできないだろう。ピタゴラス派やまたおそらくはランプサコスのデメトリウスの考えによれば、原始以来、数かぎりない惑星の上には、人類の歴史と同時にはじまり、またそれと寸毫も違わぬ一つの歴史を生きている多種多様な種属が存在するということだが、神はこれらの種属をも等しく贖わなければならないのだ。明日の夜明けには、広大な天空の中に散在する一つひとつの惑星の上では、この地上とおなじ場面が展開されることだろう。ポンス・ピラト、何人とも数知れぬポンス・ピラトは群衆の前で手を洗い、そしておなじような裏切者の指示のもとに、おなじような大祭司たちに買収された偵察隊によってすでに逮捕ずみの何人とも数知れぬ愛にみちたメシアは、いくつとも数知れぬおなじような十字架の上で同時に死刑に処せられることだろう。その時、広大な天空の中に散在する一つひとつの惑星の上では、マルドゥクが推論し、いかなるピラトといえどもその発生を阻止する許しの与えられていない幾千という事件が寸毫も違わず続いて起ることだろう。

……許しも与えられていなければ、阻止する力も与えられてはいないのだ。何故なら、ピラトは慌てふためき、半ば夢うつつの状態で形而上学から形而上学へと想いを馳せたが、突然、自分の行動は原子の永遠の落下によって以前から決定されていたのだということを発見したからである。そして原子の傾斜運動によってもどんな些細な偶発事も起りはしないと、急に憤然となって否定するのだった。磔刑は空間の中で繰り返されるのみならず、原子の数には限度があり、従ってその可能な組み合わせにも限度がある以上、救世主の磔刑はまた、永遠の、循環する、尽きることのない時間にそって、予見することもできぬままに無限に繰り返されることだろう。

目が覚めてしまったようだった。ぐっしょり汗をかいていた。空間と時間の中に数限りなく立ち並ぶ瀕死の神々を磔にした十字架は突然消えうせ、かれは独りっきりの自分に気づいた。これは夢だったのか、それとも熱にうかされて、こういう狂気じみた両立し難い議論を展開していたのだろうかとかれは訝った。

一瞬前までは、とても認めるわけにはいかないときっぱり撥ねつけていた途方もない考えに、自分がこれほど完全に与《くみ》し、いわばすすんでその考えを敷衍していたことにいまさらながらかれは驚いていた。だが、目覚めているときには拒否していた考えなり感情なりが特に好んで夢に独り占めにされ、束の間の、しかも鮮やかな復讐を遂げ、その毒気を失うことになるのに気づいたのはこれがはじめてではなかった。

だからピラトは、自分を神の栄光に輝く犠牲者の秘密の共犯者と考え、そしてほとんど宇宙的決定の真の犠牲者とみなす許しを得るために、あれほど多くの空虚な三段論法を考えだしたことを、たとえそのために完全に睡れぬとしてもそれほど自分を責めはしなかった。かれは熱心な官吏とはいえぬまでも忠実な官吏であり、「正義の者」であり、自分にかかわりのない不可解な意図の実現のために、神々によって叛逆罪を犯すように強いられた者なのだ。この途轍もない運命にかれはいわば酔いしれ、そして今朝会った狂人のように、恥辱と不名誉とに相応しい者は「正義の者」である自分であり、すくなくとも「帰依する者」そのものである自分であると考えて、えもいえぬ幸福を感じ取った。

かれはマルドゥクと交わした会話の最後を想い起した。そして、一人の男が臆病者として振舞わぬかぎりは、広く伝播することも勝利を収めることもできないような宗教なら、ソクラテスもルクレティウスもこれを拒否したにちがいないと断言している自分の姿を思い浮かべた。確かに、カルディア人はこの議論にはびくともしなかった。それがどのような理由によるのか、ピラトにはいまわかるような気がするのだった。

突然、再び目が覚めたかのようだった。神学にまつわる幻想は画面の背景のように消えさった。いまピラトが想い起していたのは、かつて熱狂のあまり、キケロが『神々ノ力ノ限界ニツイテ』の中で俗化したゼノドトスの考えを読むにいたったあの情熱のことであった。『神々の力の限界……』という表題ほどかれの心を魅惑したものはなかった。この哲学者によれば、神々、星辰、宇宙の諸法則、冷酷な「運命の女神」そのものも、「正義の者」にその良心が禁じている行為を強制することはできない。「正義の者」が同意しなければならないのだ。非難すべき諸行為は、盲目性あるいは精神の愚鈍さの不可避の結果である。しかもほとんどいついかなる時にも、そうした行為は「貪欲の神」の娘であり、そして「貪欲の神」はことごとく盲目、愚鈍である。魂が悪に赴くとき、魂はみずから加えた重さで秤のバランスをかしげ、みずからの運動によって悪に赴くのだ。サルペドンを窮地から無益にも救いだそうとしたゼウスも、無慈悲で名前をもたぬ「呪いの神」にしても、一個の魂を弱者にすることも罪人にすることもできない。神々の力の終るところに、美徳への野望がはじまる。賭けがどんなに重要であり、世界の救済が問題であるとしても、人間の魂は、ただ同意してのみ悪を犯すのだ。人間の魂はそれ自身の主人である。いかなる全能者といえども、人間の魂の途方もない特権に勝りはしない。

ユダヤ人の神、いやたとえどのような神であろうと、神が自分の弱さを当て込んでいたとしても、自分には依然として勇者になる自由があるのだと考えてピラトは満足した。

しかもこの点で、かれは慰め力づけられたというよりは得意になっていた。すべてのことがもはや取りかえしがつかなくなってくれるように、心から願うのだった。マルドゥクが仮定したスペインの征服者、自分の退却を確保するための船をみずからの意志で焼き払ったあのスペインの征服者を羨ましく思うのだった。できることなら選択のもう一方の斜面に立って《すべては終ったのだ》といいたかったし、戦うべきものとしては、暴動、カヤパの裏切り、ローマの非難といった外面的な困難だけにしてもらいたかった。運命を決する決定を下すこともできれば、下さぬこともできる状態にいることがやりきれなかった。自分のなすべき義務が奈辺にあるかはっきりみて取ったと思っていたが、それでも、自分の以前の一連の断念によって作られた、陰険で耐えがたい困難の方が一層恐ろしかった。耐えきれぬままに、かれはその生まれながらの性質を超克しなければならぬと思い、いわばその超克に眩惑されていたのである。こうして人はしばしば、ほとんどだれもが内心いまだに避けて通りたいと思っている障害に飛びかかってゆくのだ。おそらくピラトは心底深く苦しんでいたが、そのために以後かれの弱気は逆方向に作用することになったのだ。かれの苦悩は無駄ではなかった。勇気を必要とする解決策に心を動かされ鼓舞され眩わされて、いまやかれはよじ登ってゆくかわりに失墜してゆくかのようであった。

隣室から呻き声が聞こえてきた。妻がまた悪夢をみているのだと思い、もう一度呻き声が聞こえてきたら起しにゆこうと思った。こう思うと、やっと晴々とした気持になった。他人を安堵させることができるのだと知ることほど、人を安心させるものはない。ピラトはもう独りではないと感じた。そして睡りに落ちた。

エピローグ

翌日、呆気にとられているメネニウスに、ピラトは水差しと手桶と手布巾とをガバタに備えることを禁じた。そのかわり、大規模とはいえぬが武力の展開をはっきり印象づけるために、歩兵隊の任務と編成とについてきわめて詳細な指示を与えた。裁判所で、かれは騒ぎ立てる群衆を前にイエスの無罪を宣告してかれを釈放し、必要なかぎりはどこまでも軍団の兵卒によって保護することを約束した。群衆は暴徒と化した。そして決まりきったいい廻しに従えば、またまた数人の死者と多数の負傷者とが出た。

カヤパはヴィテリウスに訴え出た。ローマ暦七八八年、地方長官はピラトを解任した。告発をうけたピラトは抗弁のために首都に赴いたが、かれの到着をまたずにティベリウスは死んだ。ピラトは訴訟に敗れ、ゴールのヴィエヌに追放された。その地で、かれは事実自殺して果てたが、それはマルドゥクが独自の体系の論理に導かれてやや性急に仮定したように、絶望によるものではなかった。かれは自分を不幸だと思ってはいなかった。それにストイシアンには、自分が適当と判断したときには、いつでも命を断念することができるからである。解任とヴィエヌへの追放ということについていえば、かりに総督がイエスを磔刑に処する処置をとったとしても、カヤパとヴィテリウスから憎まれ、いずれにしろその失墜が望まれていた以上、おそらくはおなじことであっただろう。

判決が下されると聞いたとき、預言者の弟子たちはみな喜んだ。これで預言者の命も尽きたものと思った。だが、カエサルの代理者からのじきじきの無罪の宣告によって、預言者はまたかれらのもとに戻ってきたのである。それは、公正のほとんど奇跡的な勝利であった。たった一度だけだが、権力は義人と迫害された者との側に立ったのである。しかしやがて、ピラトの行為はラビの気持を傷つけた。おそらくこの上なく熱心な信者たちは、煌《きら》めく剣を振りかざした大天使たちが十字架上の預言者を救いに来るという噂が、わずかながらも広まっていたことを覚えていたのである。だが、大天使たちにはその機会はなかった。もちろん弟子たちは、「主」が磔刑に処せられなかったことを残念には思わなかったが、にもかかわらず、天の軍団の介入の方が一介の官吏の決定よりもはるかに驚くべき力をもつものと予想していた。「神の子」がローマの一人の行政官の決断によって一命をとりとめたことにかれらは不満であったのだ、とときには思われたかも知れない。そんなことは、神の本質と両立できないように思われたのである。

だが、メシアはその予言を語り続けて成功を収め、年老いて死んだ。かれは聖者として大きな名声を博し、その墳墓の地への巡礼は永いあいだ絶えなかった。だがしかし、あらゆる期待を裏切って勇敢に振舞うことのできた一人の男のために、キリスト教は生まれなかった。ピラトの追放と自殺とを除き、マルドゥクの予想したことはなに一つ起きなかった。歴史は、この点を除き、別のかたちに展開したのである。

訳者あとがき

（物語『ポンス・ピラト』審美社、一九七五）

これは、ロジェ・カイヨワの物語《レシ》『ポンス・ピラト』（Roger Caillois: *Ponce Pilate*, Gallimard, 1961.）の翻訳である。

カイヨワといえば、すでに『人間と聖なるもの』、『遊びと人間』など、社会学・人類学・宗教学に相わたる特異な著作で知られているが、そのカイヨワが、本書のように想像力あふれるフィクションの作者でもあることに、あるいは奇異な感じを抱かれる読者があるかも知れない。しかし、若くしてシュルレアリスムの詩人として出発し、その後も、たとえばボルヘス、ポトッキーを翻訳、あるいは発掘し、幻想小説アンソロジーを編むなど、その一貫した文学的営為の跡をたどるならば、かれがこういう物語の執筆にいたるのも当然のことであり、むしろ必然の成り行きであると思われるはずである。事実、訳者の狭い知見の範囲内からいっても、フィクションと銘うたれたものには、このほかにもたとえば『ノア』、『怪しげな記憶』などといった掌品が知られている。

本書の内容その他については、ここで蛇足まがいの解説を述べる必要はないだろう。ただ作者みずから、本書への〈追記〉と題した文章を別に書いているので、この作品を執筆するにいたった作者の意図、あるいは作品そのものの理解への手がかりとして、ここにその一部を訳出しておくことにする。

「物語《レシ》『ポンス・ピラト』で、わたしは、ユダヤの総督がキリストを釈放し、従ってキリスト教は生まれなかったと想像したが、この物語は、人のいうように、S・Fでもなければ、ましてや歴史哲学でもない。

アッシリア人が想像上のものとして披瀝するヴィジョンは、現実の出来事、いいかえれば、メシアの磔刑と新宗教が勝利を収めた後で、現実に展開された世界の歴史をそのまま物語るが、そのかぎり、わたしの物語はS・Fの物語とはまるで反対のもののようにすらみえる。……

第二に、わたしには、歴史の流れが個人の決断いかんにかかっており、それが重大な結果をもたらす転轍器を作りだしうるということを証明しようとする気持はすこしもなかった。……

とはいえ、わたしの意図は、一方では神学に、一方では倫理にかかわっていた。特にわたしにとって問題だったのは、宗教の本質、いいいい、あらゆる宗教の本質について考察し、人類が宗教なしですましうるということが理解可能かどうか検討することであった。……

この物語で、わたしはこういった問題についてさまざまな側面を提示したが、……同時に、人間の決断のメカニズムを分析しようと試みた。わたしがここで力説したいのは、ある企をなすときの純粋に心理的側面についてである。……」(「《ポンス・ピラト》への追記」)

ちなみに、この作品は一九六二年に「コンバ」賞を受賞している。

なお、訳文中、片仮名による表記は、人名、地名を除き、ラテン語原文であることをお断りしておく。また、訳註は思うところあって一切省略した。

訳　者

一九七三年六月

再版への訳者あとがき

物語『ポンス・ピラト』の拙訳が審美社から出たのは一九七五年だから、もう四〇年ちかくも前のことになる。当時、世はいまだ高度成長の余燼のなかにあり、拙訳ごとき片々たる小冊子は、新刊書の大洪水の荒波をくらって、たちまち藻くずとなって消えてしまった。書評は一本も出なかったと思う。ただ出版から一六年たった九一年、司悠司『超過激読書宣言』(青弓社)が「知られざる麗しの傑作小説」と題する章で拙訳を採り上げ、「現在では品切れ・絶版になっており」、「古本屋で見つけたら、買っておいて損はない」、「埋もれつつある傑作」の一冊に数えていたのが記憶に残っているだけである。

このたび、この「埋もれ」た拙訳を藻くずのなかから拾い出してくれたのは景文館書店の荻野氏である。聞けば新しい出版社の創業の一冊にしたいという。わたしにはお断りする理由はなかった。それどころかこの機会に、ぜひ全面改訳したい旨を申し出た。氏は快諾され、同時にカイヨワの「虚構作品」と一括されている三つの小品を訳出して欲しいとのことであった。わたしは承諾した。昨年の四月のことである。――以上が拙訳、物語『ポンス・ピラト』再版の経緯である。

以下、新たに加えた作品について簡単に触れておく。出典はいずれもカイヨワ（一九一三-七八）のエッセー集『碁盤の目』（R. Caillois, *Cases d'un échiquier*, Gallimard, 1970.）である。

「ノア」
作者みずから認めているように、この小品のヒントになったのは、一七世紀のイエズス会士アタナシウス・キルヒャーの版画『ノアの方舟』である。この版画はよほどカイヨワの関心をそそったものとみえ、著書『幻想のさなかに』でも採り上げている。

「怪しげな記憶」
著書『夢に起因する不確実性』（拙訳『夢の現象学』）との関係は一目瞭然だが、〈モノとの偶然の出会い〉というシュールレアリスム的なテーマからして、カイヨワのシュールレアリストとしての一面がうかがえるといえようか。

「宿なしの話」
三編のなかではもっとも読み応えのある作品である。人間がニオガイになり、海の底、そして時間の外で、「究極の実在」に到達する最後の海岸の場面は、読者を、いわば主客混融の、静謐な夢の世界にいざなうかのようである。

作者によれば、この作品のモチーフは動物の擬態である。この点で、擬態について真正面から論じている『神話と人間』、なかでも特に第二章二節の「擬態と伝説的精神衰弱」は見逃すわけにはいかない。ここでは詳細にわたることはできないが、簡単にいえば、動物の擬態の「最終目的は、環境への同化であ」り、「空間への同化による人格喪失、換言すれば、それはある種の動物がまさに擬態によって形態的に実現していることである。」（久米博訳）そうだとすれば、作品の最後に語られている、あの「究極の実在」とは、ニオガイになった人間の「究極の」擬態と別のものではないのではあるまいか。

なお物語『ポンス・ピラト』は、旧訳の誤訳、表記のあやまりなどの訂正だけにとどめた。最後に申しそえておけば、今年は著者カイヨワの生誕百年に当たる。偶然とはいえその年に旧訳の再版に立ち会えるのは、訳者としてこの上ない喜びである。再版の労をとってくださった荻野直人氏に、末筆ながら改めて御礼申し上げる。

二〇一三年一月一二日

金井　裕

著者　ロジェ・カイヨワ　Roger Caillois (1913–1978)

1913年3月3日、父ガストン・カイヨワ、母アンドレ・フェルナンド・コルマールの長男としてフランスのマルヌ県ランスに生まれる。33年、エコール・ノルマルに入学、デュメジル、モースなどの指導のもと宗教社会学を専攻。学生時代からシュールレアリスム運動に加わるが、「跳ねる豆」事件を機にブルトンらと決別。37年、「聖なるもの」の探求を目的に、バタイユ、レリスらと〈社会学研究会〉を結成。39年7月、友人のアルゼンチン女性ヴィクトリア・オカンポの招きに応じて、アルゼンチンに渡る。以後、45年に帰国するまで、ブエノス・アイレスに住み、同市に「フランス高等学院」を創設するとともに、「レットル・フランセーズ」誌を創刊し、フランス文化の普及に努める。45年10月、ガリマール書店の叢書「南十字星」の編集長になり、ボルヘスをはじめラテン・アメリカの作家、詩人の作品を広く紹介する。またユネスコ発行の哲学・人文科学雑誌「ディオゲネス」の編集主幹を務め、71年にはアカデミー・フランセーズの会員に選ばれる。78年12月21日脳内出血により死去。著書に『神話と人間』『人間と聖なるもの』『文学の思い上り』『遊びと人間』『石』『アルペイオスの流れ』（邦訳『旅路の果てに』）ほか多数。

訳者　金井裕（かない　ゆう）

1934年東京に生まれる。京都大学仏文科卒。
訳書にカイヨワ『旅路の果てに』、シオラン『悪しき造物主』『時間への失墜』『絶望のきわみで』『涙と聖者』『カイエ 1957—1972』（第44回日本翻訳文化賞、第13回日仏翻訳文学賞）、『ルーマニアの変容』、クンデラ『小説の精神』（共訳）ほか。

カイヨワ幻想物語集《げんそうものがたりしゅう》　ポンス・ピラトほか

2013年5月29日　初版第1刷発行

訳　者　金　井　　裕

発行者　荻　野　直　人

印　刷　大日本印刷㈱

発行所　景　文　館　書　店
〒444-3624　愛知県岡崎市牧平町岩坂48-21　mail@keibunkan.com
定価：本体1200円（税別）
ISBN 978-4-907105-03-7　C0297,

附録

カイヨワ自身による『ポンス・ピラト』追記

物語《レシ》『ポンス・ピラト』で、わたしは、ユダヤの総督がキリストを釈放し、その結果、キリスト教は生まれなかったと想像したが、この物語は、人のいうように、S・Fの作品ではないし、ましてや歴史哲学ではない。

物語でアッシリア人が想像上のものとして披瀝するヴィジョンは、現実の出来事、つまりメシアの磔刑と新宗教が勝利を収めたあとで、現実に展開された世界の歴史をそのまま物語るが、そのかぎり、わたしの物語はS・Fの物語とはまるで反対のもののようにさえみえる。S・Fなら、これとは逆に、天寿をまっとうするキリストという仮定のもとに出来《しゅったい》したかもしれないことを現実のものとして語ることになるだろう。わたしは方法を逆転させたのだ。

第二に、わたしには、歴史の流れが個人の決断いかんにかかっており、それが重大な結果をもたらす方向転換の原因になりうるということを証明しようとする気持ちはすこしもなかった。パスカルがクレオパトラの鼻を、クロムウェルの尿管中の砂粒を決定的なものと考えるとき、わたしには納得できない。これとは逆にモンテスキューは、カール十二世の凋落をもたらしたのはポルタヴァの敗北ではないことを明快に説明している。「ポルタヴァで敗北しなかったとしても、かれは別の場所で敗北したことだろう。運命のもたらす事件は難なく埋め合わされる。事物の本性から絶えず生まれる事件、わたしたちはこういう不測の事件に備えることはできない。」

わたしもまたこれと同じように考える。つまり、キリスト教が生まれなかったとしても、同じような宗教が、言い換えれば、メシア待望論の、平等主義の、普遍主義の宗教が勝利を収めたであろうと。細部ではもちろん異なるところはあるだろうが、それは同じ欲求に応え、その聖典は同じようなメッセージを弘《ひろ》めたことだろう。

とはいっても、わたしの意図は、一方では神学に、一方では倫理にかかわっていた。特にわたしにとって問題だったのは、宗教の本質、あらゆる宗教の本質について考察し、人類が宗教なしですますことができると考えられるかどうかを検討することであった。ストイシアンのピラトはイエスを釈放する。それは利害得失を秤にかけた上でのことである。言い換えれば、彼はマルドゥクが憑かれたように語る未来の推測に助けられて、自分のせいで、キリスト教は生まれないだろうということを知っており、それによって人間が失うことになるであろうすべてのことを予測しているのである。人間は人間の名において、宗教が神の名において人間に要求することを人間に求めることができると、彼は請け合うのだ。

わたしはこの物語で、この問題のさまざまの側面を提示してみた。もちろん、この問題を解決したというつもりはないし、この問題でのわたしの立場が明確であったわけでもない。もっとも注意深い読者なら、わたしが結局のところどちらに荷担しがちか、簡単に見届けられることだろう。同時にわたしは、人間の決断のメカニズムの分析を試みた。わたしがここで力説したいのは、ある企てをなすときの純心理的な、あの側面についてである。

まずわたしは、作中人物について残されている事実を蒐集した。当然のことながら、一介の下級官吏にかんする事実は多くはない。またそれらは後世のもので、疑問の余地を残すものであり、おまけに敵意をもったものである。ピラト家はサムニウムの出であると思われる。たぶんピラトはポンティウス・コミニウスの血筋である。ローマ建国の三八七年、ローマがゴール人に包囲されたとき、テベレ川を筏で下り、カミルスの勝利を住民に伝え、彼らの士気を鼓舞したのはポンティウス・コミニウスである。

ピラトがポンティウス・テレシニウスの、またルシウス・ポンティウス・アキラの姻戚関係にあるという考えは妥当なものである。前者は、スラに首を取られた者であり、スラの手の者がその首を槍の穂先につけてプレネストの城壁の周囲を持ち歩き、マリウスの兵士たちを震えあがらせたのであった。後者は三月十五日、カエサルを刺殺した陰謀者の一人であった。もっとも歴史の上では、その他おおくのポンティィの存在が知られているが。

ティベリウスは、その治世の二年目、セイヤヌスの勧めに応じて、ピラトにユダヤ統治という難しい任務を託した。ピラトは妻クラウディア・プロキュラを帯同したが、それは習慣にはないことだった。かれはカエサリアに居を定めた。その地方の宗教の中心地エルサレムから二日の行程のところであった。

かれが赴任して間もなく、ローマ軍団の兵士たちが軍旗をひるがえして聖なる都市に入城した。軍旗の鷲の紋章の下にはローマ皇帝の肖像が掲げられていた。人間の姿をこのように表示するのは、ユダヤ人から見れば不敬なことであった。そしてかれらの信仰を尊重してきたローマ人は、いままで軍旗は市の城門に置いておくのが変わらぬ習わしであった。翌日、住民の代表団がカエサリアにやって来て、皇帝の肖像の撤去を求めた。代表者たちの懇願は一週間に及んだ。とうとう総督はかれらに自宅退去を命じた。かれらが拒否すると、殺すといって脅し、軍団の兵士たちは剣を手にした。ユダヤ人たちは、自分たちの信仰のためならいつでも死ぬ覚悟だと叫んだ。ピラトは譲歩し、軍旗の撤去に同意したのである。

また別の場合、ピラトは神殿の金貨を水道建設に使った。かれがエルサレムに上ってきたとき、ユダヤ人たちはかれの住居を襲った。総督は軍団の兵士を差し向けた。数人の死者と多数の負傷者とが出た。それでもピラトは水道建設をやり遂げた。

エルサレムでは、ピラトはヘロデのかつての宮殿に住んでいた。宮殿を楯で飾りたいと思ったが、慎重を期して、楯には皇帝の名前があるのみで肖像はなかった。それでも楯の撤去を求められた。かれは拒否した。ユダヤ人たちはティベリウスに訴え出た。ティベリウスはピラトの非を認め、楯の撤去を命じた。

また別のいざこざが起こったときには、総督が数人のガリラヤ人殺害の責任者であったようにも見える。それでもガリラヤの四分領主《しぶんりょうしゅ》アンティパスとの良好な関係は、いざこざで損なわれることはなかったように思われる。

わたしが語ることにしたエピソードは、この時点に、つまり最高法院が死刑の宣告を下したいと思っているガリラヤの予言者の逮捕と、その裁判との間に位置する。事件はローマ建国の七八二年に起きた。それはやがてキリスト紀元二九年と決定された。わたしの物語は、この新しい年度表示は避けられないわけではなかったと暗にほのめかしている。

ずっと後世のことだが、モーゼが幕屋に納められていた貴重な品々をゲリジム山の頂に埋めたという噂が流れた。探検隊が宝探しに出発した。ピラトは、これは反乱者たちだと思った。そこで軍団の兵士にかれらを逮捕させた。兵士たちは多数の者を殺害した。殺害されなかった者は投獄され、処刑された。

ピラトは、シリアの地方長官ヴィテリウスに身柄を預けられた。かれは罷免され、自分の行った行政を弁明するためにローマに呼び戻された。その旅の途次、ローマ暦七九〇年、ティベリウスが死んだ。

カリギュラの治世下、ピラトはゴールのヴィエヌに追放された。かれはその地で自殺したという者もいれば、ネロの時代に斬首されたという者もいる。いずれにせよ、ローヌ川ぞいに廃墟と化した、ある記念建造物があり、伝承によれば、それはピラトの墓であるということである。後にエチオピアの教会によって、ピラトは聖者にして信仰告白者に列せられたが、同じように妻プロキュラは聖女に列せられた。かれらの祝日はサネの月の一五日、つまり六月一九日に祝われる。

以上のようなさまざまの事実を考えてみると、総督が地方の住民と対立することになった軋轢は、そのすべてがいずれも同じように地方の住民の宗教感情――信仰、ファナチズム、あるいは迷信――と、それを斟酌しようとしないピラトのかたくなさとが原因であることがわかる。ピラトは、神聖な財宝の最善の活用は公益に資する非宗教的な建設をすることだと考える。かれは自分の邸宅の塀に権力のシンボルを掲げることに固執し、軍団の兵士にローマ皇帝の肖像をかかげて行進させることに固執する。祭司や民衆に逆らって、自分が無実と考えるひとりの狂信家を擁護する。つまり、かれのとる措置はいずれもみな、すぐれたものではないにしても、もっともな、弁護の余地のあるものなのだ。だが服従を強いられた住民の状況と傷つきやすさとを考えるなら、まるで政治性に欠けるものである。

それに、かれにはどう見ても気骨というものがないように思われる。脅したかと思うと、すぐ譲歩する。軽率に約束しては、上司には拒否される。かと思うと、無益な暴力沙汰に及び、ほとんど残酷な振る舞いに及ぶときもある。この間歇的で、不器用な、ほとんどつねに時宜を得ない残忍さにも、意志の弱さのしるしを見届けることができる。意志の弱い人間の場合、この残忍さこそ気骨の代わりになるものだ。

そしてたぶん、ことが済んだあとで、かれは自責の念にかられ、そして自分が権力の行使にまるで向いていない人間であることを知って、自己蔑視の思いにかられるのであった。かれは最善に振る舞いたいと思いながら、遅疑逡巡のあまり困難な立場に追い込まれ、激烈な手段を執らなければ、そこから脱出できなかったのだと、わたしは考える。だからこそかれの官吏としてのキャリアはあまりに早く断ち切られたのだ。

かれのような人間は、並み以上のねばり強さ、決断が求められているものの、細心さをそれほど必要とはしない職業には向いていなかった。かれのやらかしたいくつかのヘマは、当人を別にすれば、それほど重大な結果をもたらしたわけではないと言わなければならない。ただわたしが採り上げた事件だけは——つまり、もしこのローマ人が、わたしがそう見せかけたように、メシアを無罪放免していたなら——かなり重大な結果をもたらしたかも知れない。わたしは——ああ！　調べた知識によってではなく推測によって——いかにして総督が、生涯にただ一度、不意に誠実さに目覚め、正直に、自分の明らかな性格に反するような決断をしたのか、その説明を試みた。その決断は、かれの隠された本性にかなったものであったのかも知れないし、あるいはたんに、自分が手を汚さない人間と思われていることにうんざりしていただけかも知れないが、わたしには分からない。わたしにはこういう対立する解答のいずれかを選ぶことはできない。これは認める。わたしが再現に努めたのは、事実、それも既知の事実ではない。そうではなく、動機であり、陰謀であり、政治の駆け引きであり、最後に勝利を収めるものが、たぶんその勝利を疲労と偶然に、またたぶん、ひとりの人間の行動、怠慢、放棄を含む、漠然とした総計に、その人間の尻込み、実を結ぶことのなかった勇気の総和に負っている、あの競争心理の、事実などよりずっと神秘的な反発力である。放棄が重ねられるにつれて、自責の念は蓄積される。束の間の努力、それればかりか漠然とした、はかない意志にしても、無駄というわけではない。それらは積み重なって、ひそかな活力をたくわえる。

この、つねにきちんとつけられる簿記には、あらゆることが記載され、意味を与えられる。それはゆっくりと、以前に犯した失敗の結果を変え、あるいは変質させる。いったんなされた決断はいずれもみな、今後執るべき決断に、なんらかの意味で影響を及ぼす。それが快感を残すか、それとも不快感を残すか、そのいかんによって、決断は過去の因習を穿ちもすれば、補いもする。

ピラトの場合、過去の因習は根の深いものであったようで、かれはそれに縛られて、ほとんど自由に振る舞うことができなかったように思われる。それにわたしは、かれに救世主の処刑を実行するよう納得させるために行使できるさまざまな圧力を、わざと積み重ねてみた。わたしは、これらの圧力の、もっとも下劣なものからもっとも高貴なものに及ぶ、一つひとつを、そしてそれらの恐るべき集中を書いた。それればかりか、キリストのファナティックなひとりの弟子がやって来て、総督に聖書に書かれていることを実現させてくれるよう懇願するものとさえ想像した。その弟子によれば、予言者が人間の救い主になるのは、その不名誉な死という代価を払ってはじめて可能だからである。

だがどんなに臆病ではあっても、ピラトは拒否する。わたしは、このかれのとても考えられそうにない勇気を説明できると思った。といってもそれは、すでに暗示した、内的反転という方法によってだけではなく、ある隠密の援助によってである。おそらくあのとき、ピラトはこの援助を、異教古代の精華とそれにつらなる人々から、プラトン学派とストア学派から、ソクラテスとエピクテトスから受けたのであり、おそらく自分にはできないと思っていても、ほかの人間がやってのけたことを知り、賞賛せざるをえない、あの多くの英雄的行為から受けたのである。こういう無数の、広く行き渡った噂が難しい論争に臨むピラトの助けになったとわたしは想像したが、それは人間というものがみな、あらゆる他者の行為について知り、あるいは想像することで強くもなれば、悪い影響を受けるようなものでもある。

そんなわけでわたしは、人それぞれの好みの後世にのみ委ねられた個人の意識は描かなかった。個人の意識を、湧き出る水のように、密かに、そしてやがておおぴっらに、人間の選択の総体の代数的和の、触知しがたい、外的な、かつ錯綜した影響を同時に受けるものとして提示するのがわたしには公平であるように思われた。わたしがそこに見届けたのは、いわば「聖者の交わり」の、善行の転換という思想の、ささやかな、世俗的な代用品であった。考えてみれば、この仮説は、はじめそう見えるほどむこうみずなものではない。それはただ、精神の世界においても物質の世界においても失われるものは何もなく、生み出されるものも何もないということをほのめかすだけである。すべては永遠につけ加えられ、さし引かれるとほのめかすだけだ。この絶えざる、無限の、無限小の加算と引き算の存在からは、感情の普遍的な連帯性の、確信ではないまでも、すくなくとも希望は引き出せるようにわたしには思われる。おそらく、この連帯性は脆弱な、不確実なものだ。どんなによい場合でも、それはきわめて錯綜していて、その効果を期待することはもとより、ましてや予見し、同定できると思うのは無駄である。それでもこのような連帯性が存在すると仮定し、そこから一種の行動規範を導き出すことはできる。この種の推測は、かつてプラトンが美しい危険となづけたものにかなり近い。歴史上のピラトとは逆に、わたしの想像したピラトは、この危険を受け入れたのである。

R. Caillois:
Post-scriptum pour《Ponce Pilate》
in *Cases d'un échiquier*,
Gallimard, 1970.